中国与西班牙文学交流研究
（15—21世纪）

王　梓　著

吉林大学出版社

·长春·

图书在版编目（CIP）数据

中国与西班牙文学交流研究：15—21世纪 / 王梓著．
长春：吉林大学出版社，2024. 11. -- ISBN 978-7
-5768-4355-2

Ⅰ．I209；I551.09

中国国家版本馆 CIP 数据核字第 20258NK559 号

书　　名　中国与西班牙文学交流研究（15—21世纪）
　　　　　ZHONGGUO YU XIBANYA WENXUE JIAOLIU YANJIU（15—21 SHIJI）

作　　者　王　梓
策划编辑　王　蕾
责任编辑　王　蕾
责任校对　王宁宁
装帧设计　孟　博
出版发行　吉林大学出版社
社　　址　长春市人民大街4059号
邮政编码　130021
发行电话　0431-89580036/58
网　　址　http://www.jlup.com.cn
电子邮箱　jldxcbs@sina.com
开　　本　787mm×1092mm　　　　　　　1/16
印　　张　10
字　　数　180 千字
版　　次　2024年11月　　第1版
印　　次　2025年2月　　第1次
书　　号　ISBN 978-7-5768-4355-2
定　　价　68.00 元

在全球化浪潮中，文学作为一种超越国界的语言，成为不同文化进行文明交流的重要媒介。《中国与西班牙文学交流研究15—21世纪》一书，基于中西文学之间丰富多元的交流历史，试图深度挖掘其内涵与价值。本书的研究对象涵盖了中国与西班牙文学之间的传播、影响、相互塑造，以及文学中跨越时空的对话，力求为读者呈现一场文学的饕餮盛宴。

中西文学交流的历史源远流长，不仅仅是文字的传递，更是不同文化、思想的碰撞与交融。这场交流在早期主要由西班牙传教士扮演着推动者的角色，他们带着传播宗教的使命，融入中国的土地，逐渐促成了一场深刻的中西文学对话。在这个过程中，西班牙传教士如沙勿略、高母羡、马丁·德·拉达、门多萨等人的贡献无法忽视，他们为中西文学交流的开展奠定了基础。

本书共分为六章，分别为中国与西班牙文学交流的开端、西班牙文学中的中国形象、西班牙语美洲文学中的中国形象、当今西班牙及西班牙语美洲文学中的中国元素、博尔赫斯笔下的中国以及行进中的中国与西班牙文学交流。具体而言，中国文学在西班牙及西班牙语美洲的传播与发展也是本书关注的焦点之一。从儒家经典、老庄哲学的传播，到中国诗歌在异域的生根发芽，再到小说、戏剧在西班牙及西班牙语美洲的传播与发展，将追溯中国文学在这片土地上的扎根历程。

西班牙文学在中国的传播与发展是研究的另一大主题。以《堂吉诃德》为代表的西班牙文学经典如何在中国留下深刻印记，以及布拉斯科·伊巴涅斯等西班牙作家在中国的影响力，都是深入挖掘的文学瑰宝。同时，还追溯了西班牙语美洲文学在中国的传播，探寻马丁·菲耶罗、聂鲁达、巴列霍等文学巨匠在文学领域的足迹。

本书的研究不仅局限于文学的传统领域，更深入关注了文学中的中国形象。通过对布拉斯科·伊巴涅斯、门多萨、加西亚·洛尔卡、阿尔贝蒂等作家笔下的中国形象的解读，探讨了中西文学交流中的文学符号与文化意涵。此外，本书还深入研究了西班牙语美洲文学中的中国元素，以及文学巨匠博尔赫斯对中国的深刻洞察与表达。

最后一章聚焦于21世纪以来西班牙语文学创作的传统与创新。通过对中国现当代文学在西班牙语世界的译介和接受的审视，同时结合信息全球化背景，全面了解了西班牙语文学在当代全球化浪潮中的发展轨迹。

本书的编纂旨在为广大学者、研究者以及文学爱好者提供一扇了解中西文学交流历史与现状的窗口。希望通过此书，读者能够深切感受中西文学在交流互鉴中的灵动与生命力，进一步促进中西文学的深度合作与共同繁荣。

王梓

2024年9月

目 录

第一章
中国与西班牙文学交流的开端

第一节 西班牙传教士
打开了中国与西班牙文化交流的大门

一、西班牙传教士开拓了中国与西班牙文学交流之路

作为西方传教的先驱，西班牙传教士在中国留下了丰富多彩的文化遗产。他们不仅传播了西方宗教信仰，也将西班牙文学和艺术带入中国，为中西文化交流打开了一扇大门。在16世纪，西班牙殖民者开始远渡重洋进入新大陆，带来了西班牙文化和基督教信仰。随着西班牙人对全球的殖民扩张，传教士也来到亚洲，其中包括中国。他们的主要目的是传播天主教，并使其福音在这片土地上生根发芽。早期，中国与西班牙的接触可以追溯到罗马统治时期。当时，西班牙是罗马帝国的一部分，参与了帝国内部的经济循环。同时，中国通过古丝绸之路与罗马进行商贸交换，使得西班牙也间接参与到中国与罗马的交往中。随着欧洲大航海时代的到来，西班牙作为重要的欧洲国家发挥了关键作用。西班牙资助了哥伦布的西行，使其抵达美洲并获得了广阔的殖民地。这些殖民地拥有丰富的银矿和自然资源，使得西班牙国家的财富迅速增加。西班牙凭借财富支撑，军事装备更加精良，国家综合实力大幅提升。这种情况使得西班牙开始重新审视其在世界上的地位，并重新规划国家的未来。同时，西班牙的政治和宗教需求也得到了稳定的经济支持。

15世纪末，西班牙开始了大规模的海外探索，与葡萄牙成为欧洲海外扩张的先驱。葡萄牙和西班牙相继开启了海外殖民事业，并成为称霸世界海权的强国。当西班牙向远东地区扩张时，葡萄牙已经绕过非洲南端，在印度果阿建立了稳定的殖民基地，并继续向东扩张，占领了海上交通要塞马六甲，

并登陆了中国的澳门。西班牙进入远东不可避免地触动了葡萄牙的既得利益，特别是两国对葡萄牙实际控制的摩鹿加群岛非常感兴趣，因为这里代表着重要的地缘意义和丰厚的贸易利润。

16世纪中叶，西班牙王室资助麦哲伦进行了环球航行。在航行途中，西班牙船队发现了菲律宾群岛，并宣布其为西班牙帝国的领土，但并未真正开始殖民建设。随着西班牙人进入摩鹿加群岛并试图争夺控制权，西、葡两国在海外殖民过程中的利益冲突不断升级。双方通过王室联姻缓和了双边关系，借此机会，西班牙与葡萄牙达成了《萨拉戈萨条约》。根据条约，西班牙放弃了对摩鹿加群岛的争夺，并将中国确定为其全球地缘战略重点。为了在远东地区拥有一个稳定的根据地，由于菲律宾群岛与中国地理距离非常近，只需几天航程，西班牙的殖民者再次从西班牙向菲律宾群岛进发。随后，菲律宾被纳入西班牙天主教王国的统治范围，中国与西班牙之间的文化交流也就此展开了新的篇章。

17世纪和18世纪，西班牙传教士对中国的影响逐渐扩大。他们积极学习汉语，并致力于将西方文学作品翻译成中文，以便更好地传播基督教信仰。他们将西班牙文学名著介绍给中国读者。这些文学作品不仅在内容上丰富了中国读者的阅读体验，同时也让他们更好地了解了西方文明。此外，西班牙传教士还与中国学者进行了深入的交流与合作。他们向中国学者学习中国文化和语言，同时也向他们介绍了西方的文学艺术。这种跨文化的交流促进了中西方之间的相互理解，为两种文化的碰撞提供了平台。西班牙传教士的努力为后来更多的西方文化、科学和艺术进入中国打下了坚实的基础。

在中国传教士中，有一位备受赞誉的名字，那就是意大利耶稣会传教士利玛窦。利玛窦是一位卓越的传教士，他在明朝时期进入中国，并与很多知名学者建立了深厚的友谊。他不仅向中国人传授了欧洲科学知识，还将西方数学和天文学的知识转化为易于理解的中文文本，这对中国学术界产生了巨大影响。同时，他也将著名的西班牙文明和文学作品介绍给中国人，开拓了中国人对西方文化的新视野。

西班牙传教士的努力不仅在文学领域取得了显著成果，也在艺术领域有所贡献。他们致力于修复和保护中国的艺术作品，并将欧洲绘画和雕塑艺术的技巧引入中国。通过他们的努力，中国艺术家和文化精英有机会接触和学习到西方艺术的创作理念和技术，丰富了中国艺术的发展。这种跨文化的艺术交流不仅促进了西方艺术的传播，也为中国艺术带来了创新和启示。西班牙传教士为中国与西班牙文学交流做出了重要贡献。他们通过翻译、对话和合作，将西方文学、艺术和思想引入了中国，为两国之间的文化交流建立了桥梁。这座连接中西方文化的桥梁不仅丰富了中国读者的知识和审美体验，还使西班牙文学在中国获得了广泛传播。西班牙传教士的工作是中西文化交流的重要章节之一，对于推动世界文化多样性的发展具有深远的影响。

二、重要的西班牙传教士们

（一）圣方济各·沙勿略

圣方济各·沙勿略是16世纪著名的天主教传教士，生于1506年，并从很小的时候就展现出卓越的天赋和学术才能。1534年，他与圣依纳爵·罗耀拉等人共同成立了耶稣会修会。此后，沙勿略开始了漫长而辛苦的宣教之旅。在1540年，沙勿略前往印度，并在那里开展了广泛的传教工作。他到达印度后，积极传播耶稣教义建立教堂和教育机构，并致力于改善当地人的生活条件。此外，沙勿略还在印度推广了西方科学和技术知识，对当地的文化发展产生了深远影响。

沙勿略也曾经到访东南亚地区，包括锡兰（今斯里兰卡）、马六甲、摩鹿加群岛等地传教。他与当地人民建立了良好的关系，传播了基督教，并为推动当地社会的发展和改革做出了重要贡献。1549年，他首次前往日本，同行者包括几名日本人和其他传教士。沙勿略在日本开办学校、培养传教士，并致力于宣传基督教。他深入了解和尊重日本文化，倡导使用日语进行传教，为后来基督教在日本的传播奠定了基础。

1552年8月，沙勿略乘坐"圣十字"号抵达中国上川岛，距离广州30海里。上川岛呈现了明朝对外国人入境严格控制的态度，但这并没有动摇沙勿略在中国传播福音的决心。他制订了前往中国的计划，即次年暹罗进贡时与使团一同进京。后来，沙勿略不幸染上了疟疾，由于医药品的缺乏，他的健康状态急转直下，最终于1552年12月3日去世，享年46岁。他后来被安葬在印度，并在1662年被教会列为圣徒。他的墓地也成为人们朝拜的圣地。沙勿略致力于使基督教融入当地文化，并积极推动传教士与当地人民的交流和相互理解。他尊重和关注中国的文化和传统，试图用当地语言进行传教，并给中国人带去了欧洲的科学、艺术和宗教思想，他在东亚的宣教工作为中国与西班牙文化交流打下了基础，并在一定程度上促进了中西文化交流。

（二）高母羡

高母羡是西班牙籍传教士和汉学家，他在16世纪活动于菲律宾首都马尼拉附近的华侨区，致力于传教和研究中国文化。他曾撰写多部著作，其中包括《天主教教义》《无极天主教真传实录》《中国指南》《中文字典》《中国语言的艺术》等，并将流行于华侨社区的《明心宝鉴》译成西文。这本书是第一本被翻译成欧洲文字的中国书籍。《明心宝鉴》是一部杂糅儒、释、道学说并汇集历代先贤品德修养名言警句、勉学劝善的蒙书。书名中的"明心"，取佛教"明心见性"之意，"宝鉴"即"宝镜"，取借鉴之意。该书共两卷20篇，内容涉及立身处世、齐家治国、修身养性、礼义观念等多方面，每篇围绕一个主题，分类纂辑先贤格言、俗语警句，文辞简短精辟、易于习诵。

16世纪末到19世纪中叶，中国文化和欧洲文化之间的交流日益频繁。传教士和汉学家翻译了许多中国的文化典籍，包括《论语》《中庸》《大学》《孟子》《诗经》《易经》等经典著作，并将它们传播到西方国家，成为西方了解中国的桥梁。1588年，西班牙传教士高母羡在马尼拉传教期间，发现《明心宝鉴》是一部很好的汉语学习入门教材，被书中内容打动，便将其翻译成西班牙文。《明心宝鉴》是高母羡最重要的作品之一，其手稿至今保存在西班牙马德里的国家图书馆，原手稿采用中西文对照。根据手稿中的中文笔迹判断，这本书的中文手书者应该有十人左右。高母羡的《明心宝鉴》也有多种译本，包括拉丁文、西班牙文、英文、俄文、德文等。这些译本在欧洲引发了对中国文化的研究热潮，为西方启蒙运动注入了东方的元素，展现了中国文化的魅力。高母羡通过他的著作和翻译工作，对历史上的中国和西班牙文化交流做出了重要贡献。他不仅促进了中西方文化的相互了解和交融，还为世界范围内对中国文化的研究提供了珍贵的资料，也向西方国家介绍了中国的思想和智慧。他的努力使得中国文化在西方得到广泛传播，并对推动中西方文化的交流发展起到了重要作用。

（三）马丁·德·拉达

马丁·德·拉达是西班牙传教士，他于16世纪初期来到中国，并在福建停留了一段时间。他对中国进行了详细观察，并在回到菲律宾后将其在中国期间的所见所闻记录下来，出版了《马丁·德·拉达札记》。拉达在札记中对中国的丰富食品、讲究穿着以及家居装饰等方面给予了高度赞美。他详细描述了中国人民勤劳工作的情况，称中国是全世界最富饶的国家之一。此外，他还提到了中国产丝绸质量优良、色彩完美，超过格拉纳达地区的丝绸，成为该国最重要的贸易产品之一。拉达还对中国的地理、历史、文化、政治、军事、经济、社会民情、民俗、宗教信仰等方面进行了介绍。他赞扬了中国男性的体质匀称和相貌漂亮，女性穿着奇特，戴着许多金银首饰和宝石。他还指出中国的松树和玉米种植十分丰富，特别是在不适合耕种的山地。札记中还提到了中国港口的繁荣贸易。官员允许商人到邻近的各岛进行贸易，使得大量装满货物的船只往来于中国和西班牙之间，同时也有商人前往其他可以获利的地区进行商贸活动。马丁·德·拉达对中国的观察和描述为后世留下了16世纪中国社会、经济、文化等方面的宝贵资料，并且对中西方文化交流和认识的深化起到了积极的作用。同时，他对中国丝绸贸易的介绍也促进了中西方之间的经济交流和贸易发展。

（四）胡安·冈萨雷斯·德·门多萨

胡安·冈萨雷斯·德·门多萨是西班牙传教士和历史学家，在16世纪末至17世纪初对中国与西班牙文化交流做出了重要贡献。门多萨在西班牙帝国由盛转衰的转折时期成长，在墨西哥接受了良好的教育，并成为奥斯定会修道士，他一方面致力于神学、语法和艺术的研究，一方面热心传教。当西班牙征占了菲律宾群岛后，他有了前往中国的机会。1580年，他成为西班牙国王派往中国的使团成员之一。但是，由于政治形势的突然变化，他们未能实现赴华使命。门多萨回到西班牙后，受教皇格列高利十三世的委托，开始广泛搜集中国各方面的资料，并编写了一部名为《中华大帝国史》的书籍。这本书在1585年出版，引起了很大社会反响，但首版印刷存在许多错误。因此，门多萨亲自监督并在同年出版了改进后的版本。此后，他成为罗马教皇下属的"宣道士"，继续从事宣教活动。

门多萨曾在墨西哥和拉丁美洲从事过宣教工作，对美洲情况非常了解。他先后前往了卡塔赫纳、新西班牙的各主要城市处理一些教务问题。后来，他返回西班牙，在塞维利亚和托莱多等地负责宣教事务。通过门多萨的使团经历和著作《中华大帝国史》，门多萨为西班牙社会和教皇提供了关于中国历史、文化和社会的资料。这对于当时热衷于在东方拓展势力的教会极为重要。虽然门多萨未能亲身到达中国，但他一直努力为西班牙与中国之间的文化交流奠定基础，并为后来的西班牙传教士以及其他西方学者提供了宝贵的中国历史和文化资料，其贡献对于推动中西文化了解和交流方面具有重要意义。

（五）庞迪我

庞迪我是16世纪末17世纪初的西班牙传教士，历史上他对中国与西班牙文化交流做出了重要贡献。庞迪我于1597年来到中国，最初抵达澳门，随后进入内地，在南京与意大利传教士利玛窦相遇。1600年，他们一起来到北京，并向明神宗献上了来自欧洲的礼物。这些礼物引起了明神宗的好奇和赏识，庞迪我因此获得了在京居留传教权和出入权。

庞迪我利用在中国的这段时间，广泛地了解了中国的国情。他游历了大半个中国，与中国士大夫阶层进行了交往，深入了解了中国社会。他对中国的地理方位、山川地势、物产经济、历史文化、宗教信仰、风俗礼仪、政治外交、宫廷生活等进行了详细的介绍。其中，庞迪我给托莱多主教古斯曼写了一封长达200多页的信，对中国进行了百科书式的描述。他证实了当时欧洲人对中国的称呼"契丹"就是指中国，首都"坎巴鲁克"或"汗八里"就是北京。这封信补充和纠正了当时一些关于中国的错误观念和偏见。而在此之前，受到《马可·波罗游记》的影响，欧洲人普遍认为"契丹"是存在于印度和中国之间的一个国家，庞迪我的信件为中国正名，为后来的中国研究提供了重要的参考资料。这封信件于1604年在西班牙公开刊印，被译成多种语言并多次再版，极大地促进了当时欧洲人对中国的了解。庞迪我的贡献不仅在于他所提供的信息，更重要的是，他与中国人民进行了深入交流和接触。

庞迪我是一位具有远见和开拓精神的传教士，他的努力为后来的西班牙传教士提供了宝贵的经验和参考，也为中西文化交流的进一步发展打下了基础。

第二节 中国文学在西班牙及西班牙语美洲的传播与发展

一、儒家经典与老庄哲学在西班牙及西班牙语美洲的传播与发展

儒家经典和老庄哲学作为中国传统文化的重要组成部分,具有丰富的思想内涵和智慧。它们强调人与自然的和谐、伦理道德、修身养性等,对于推动社会的发展和人们的精神建设具有一定的积极影响。在当今全球化的背景下,儒家经典和老庄哲学的传播可以促进不同文化之间的交流与融合,增进相互间的理解和尊重。儒家经典和老庄哲学在西班牙及西班牙语美洲的传播是通过多种渠道进行的,比如学术研究、出版物、翻译、学术交流、教育机构合作等。学术研究和出版物是重要的传播途径,通过学术界的研究成果和专业的出版物,可以将儒家经典和老庄哲学的思想传播给更多的人群。同时,翻译工作也非常重要,将中文的儒家经典和老庄哲学著作翻译成西班牙语,更易于被当地人理解和接受。

1968年,胡安赫多与海梅乌亚参考了不同语言版本的文献来源,完成了《东方哲学(孔夫子及其他)》(《大学》《中庸》《论语》+《道德经》)[①]的转译工作。这是一部严肃认真的翻译作品,保持了高水平的专业性和准确性。1948年,冯友兰先生的《中国哲学简史》被翻译成英文,并在1987年由墨西哥经济文化基金出版社出版。这本书向西班牙语读者介绍了中国哲学的历史与概述,对西班牙语国家理解中国哲学起到了重要作用。1985年,维克多·加西亚的《东方智慧:道教、佛教与儒教》在哥伦比亚首都波哥大出版。该书分为两部分,第一部分回顾了中国、印度和日本的历史和文化,并概述其地理分布;第二部分评介了印度教、佛教、儒教和道教在思想与宗教上的表现。该书附带有历史、哲学和宗教大事年表以及参考书目。

曾经在印度瓦拉纳西大学学习哲学与宗教,在国内教授瑜伽长达十年的西班牙女诗人昌达尔·麦亚德阅读了大量英文、德文和西班牙文材料,于

---

① 闫现磊.中国与西班牙语国家文学交流考——兼及西班牙语文学视野中的中国景观 [J].四川省干部函授学院学报,2018(03):6.

1995年出版《中国美学智慧：儒教、道教与佛教》。这本书共分为五章，不仅介绍了中国经典的起源、儒教思想、道教学说、佛教等，还突出表达了作者将东方智慧视为一种美学的论断。

自20世纪下半叶以来，西班牙国内越来越多的人表现出对汉学的持久兴趣，所以在翻译和传播中国典籍方面出现了数量可观的精品。重要的西班牙文版儒家经典就有《儒家的政治社会哲学》《孔子·孟子·四书》和《论语：思考与教育》等。还有以简化缩写、改变语序和重新措辞的方式进行翻译的其他版本。此外，还有《墨子》的译文《兼爱之治》也在西班牙出版了。西班牙学者伊多娅·阿尔比亚加曾在此时期进行过统计，发现有21部西班牙文版儒家经典出版面世，其中还有3部是直接从中文翻译而来。可以说，西班牙近年来在翻译和传播中国典籍方面取得了令人瞩目的进展。

不仅如此，还有大量的转译文本在西班牙引起广泛的关注。比如胡安·贝尔瓜与何塞·贝尔瓜于1954年翻译的《中国经典》，全书424页；同年出版的《中国关于政治、哲学、道德的四书》；卡尔多纳·卡斯特罗于1980年翻译出版的《智慧的四书》；还有胡安·贝尔瓜于1969年翻译的《书经、大学、论语、春秋、孟子：古代中国关于哲学、政治、道德的五本伟大的图书》。这些书籍是由不同译者转译而来，其中有同一译者不同版本，也有同一版本在不同出版社出版。需要注意的是，由于当代西班牙的汉学基础相对薄弱，因此大部分汉语著作都是转译而来的。以《道德经》为例，西班牙有40个版本的《道德经》，其中37个是源自原文的翻译，而另外3个则是介绍性的著作，只翻译了相关段落。此外，还有29个与"道"相关的著作的译本，其中9个是研究道家哲学理念的作品，其余20个则是与道家相关的其他哲学家的作品。这些译作中，有7个《道德经》版本是直接从汉语翻译而来，其中只有5位译者参与其中。特别值得一提的是，卡海洛·埃洛杜伊神父和胡安·伊格纳西奥·普雷西亚多分别翻译了两个版本。卡海洛·埃洛杜伊神父的译本最早于1961年以《道家箴言》的名义发表，后来于1996年再版时改为《道德经》。其中知名汉学家胡安·伊洛纳西奥·普雷西亚多的译本《老子：道之书》于1978年出版，之后经过4次再版，于1979年获得西班牙国家翻译奖。[1]

①龚茜.中国著述在西班牙的翻译与出版[J].出版广角，2019(03)：3.

目前，在西班牙及西班牙语美洲地区，对于儒家经典和老庄哲学的研究和传播还相对较少。但是，随着中国与西班牙及西班牙语美洲国家间的交流与合作不断增加，对于中国传统文化的关注程度也逐渐提高。一些大学和研究机构开始开设相关的课程和研究项目，逐步推动儒家经典和老庄哲学在当地的传播和发展。

二、中国诗歌在西班牙及西班牙语美洲的传播与发展

中国诗歌在西班牙及西班牙语美洲的传播由来已久，无论是唐诗宋词还是元曲明赋，都曾经通过旅行家和文人墨客的媒介传播到了西方。然而，真正大规模传播与交流则要追溯到近代。19世纪末20世纪初，中国知识分子纷纷涌向西方，以寻求现代化的路径，西班牙就是其中一个重要目的地。他们不仅把汉字与中国文化传播给西班牙人，也辗转将中国诗歌带到了西班牙。李商隐、杜牧等唐宋诗人的作品通过翻译被引入西方文坛，并在西班牙知识界引发了对中国文学的兴趣之风。这些传播活动促使了西班牙语世界对中国诗歌的关注与研究。同时，一些西班牙诗人也开始尝试模仿中国的写作风格与意象，受到了中国诗歌的影响。

进入20世纪后半叶，中国和西班牙的外交交流逐渐加强，其文化交流也得到了进一步深化。进入20世纪80年代，中国开始举办大规模的文化交流活动，其中就包括中国诗歌的演出与翻译出版。许多中国现当代诗人的作品获得了西班牙语的译介，诸如韩东、北岛等诗人都在西班牙语世界拥有了一定的读者群体。这使得中国诗歌在西班牙及西班牙语美洲的传播与发展取得了显著的成果。此外，互联网和社交媒体的普及也为中国诗歌在西班牙及西班牙语美洲的传播提供了新的机遇。当前，人们可以通过多种途径接触到中国诗歌，比如在线诗歌平台、文学论坛、社交媒体等。这些平台为中国诗歌的传播提供了更广泛的空间和更多的受众。同时，一些中西方诗人之间也通过网络建立了交流与合作，推动了两国诗歌之间的相互影响与碰撞。在西班牙，中国诗歌正逐渐成为一种新的文化现象。越来越多的人对中国的传统文化与诗歌产生了兴趣，不仅研读中国古代的经典作品，也关注中国当代诗歌的发展。中国诗歌的丰富多样性与独特性吸引着越来越多的西班牙语读者和诗人。

三、中国小说和戏剧在西班牙及西班牙语美洲的传播与发展

作为中国文化的重要组成部分，小说和戏剧作品以其独特的艺术表达方式吸引了许多西班牙语读者和观众。中国的文学作品在西班牙传播十分广泛，深受文学爱好者的欢迎。由于中国汉学的发展水平和翻译工作的落后等因素的影响，中国小说在西班牙及西班牙语美洲的传播起步较晚。受制于中国叙事文学的翻译介绍的滞后，一些古典文学名著在西班牙及西班牙语美洲的译本并不多见。比如《三国演义》至今尚无正式的西班牙语译本面世，使得这部被誉为中国四大经典之一的小说在西班牙语世界的传播受限。《水浒传》虽然有少数外文出版社进行了一些译本的推出，但在西班牙几乎没有得到广泛发行。《红楼梦》《西游记》和《儒林外史》是在西班牙语世界中影响较大的作品。《红楼梦》是中国文学史上的巅峰之作，也是传世的经典之作。《红楼梦》在西班牙的传播主要得益于翻译家的努力和相关学术研究的推动。通过对作品的翻译，西班牙读者能够通过《红楼梦》这一文化瑰宝深入了解中国传统文化的丰富内涵。另外一部被认为是中国文学史上最重要的小说之一的《西游记》，主要讲述了唐朝僧人玄奘师徒四人西天取经的故事，其中融入了佛教教义、道家思想和神话传说，呈现了丰富多彩的人物形象和奇幻的情节。在西班牙，有少数相关的西班牙语译本面世，使得更多人能够欣赏到这部作品的魅力。《儒林外史》是清代文学家吴敬梓的代表作，以幽默讽刺的手法揭示了封建社会的种种弊端和荒诞现象。这部作品的独特性和思想内涵使其在西班牙语世界得到了一定程度的关注和传播。

就目前在西班牙语翻译的中国文学作品中，短篇小说是数量最多的。据不完全统计至少有46个版本。其中，北京外文出版社翻译出版了6部作品，还有几部是在西班牙、阿根廷和墨西哥等地出版的。中国文学作品在西班牙及西班牙语美洲传播的情况丰富多样。其中，中国长篇小说在西班牙以及西班牙语美洲的传播可以说处于起步阶段，虽然有些作品得以翻译和出版，但整体来说还比较零散和分散。如马德里国立自治大学的汉学家达西安娜·菲萨克教授翻译了巴金的《家》、钱锺书的《围城》和铁凝的《没有纽扣的红衬衫》。塔西娅娜·菲萨克是马德里国立自治大学东方研究中心主任，她在中国文学领域有深厚的造诣，还出版了关于中国文学和社会的一些著作。另

外一位翻译家廖燕平与何塞·拉蒙·孟雷亚尔将高行健的长篇小说《灵山》翻译成了西班牙语。冰心的自传《我的自传》也被翻译成了西班牙语，题为《一位中国姑娘的自传》。末代皇帝溥仪的《我的前半生》也被翻译成了西班牙语。莫言的长篇小说《丰乳肥臀》于2007年底也有西班牙语译本问世。

此外，北京外文出版社曾出版的《东郭先生》就是改编自明朝马中锡的《中山狼传》，并图文并茂地展现了该故事，适合青少年读者阅读。同时，《龙女·唐代传奇》也是根据唐朝传奇改编而成，配有明清版的插图。这些作品通过翻译出版，为西班牙语读者提供了欣赏中国古代文学的机会，并且通过图文并茂的形式使得作品更加生动有趣。另外，《春蚕及其他短篇小说集》是茅盾先生的作品，由路易斯·恩里克·德拉诺翻译出版。这部短篇小说集收录了13篇作品，其中包括茅盾先生的代表作。这种合作出版方式使得中国现当代文学作品能够传播到西班牙语国家，让更多外国读者了解中国文化和文学。同时，北京外文出版社还与西班牙米拉瓜诺出版社合作出版了《中国古代神话故事》。中国古代神话在西班牙和西班牙语美洲地区备受关注，这部作品为西班牙语读者提供了深入了解中国神话文化的机会。

关于中国的戏剧作品在西班牙语国家相关的资料尽管并不多见，但仍有一些作品通过翻译和出版而引起一定的反响。1963年，阿根廷首都布宜诺斯艾利斯的南美出版社出版的马丁内斯·阿里亚纳里完成的《中国戏曲·梨园弟子》就是一部经英文转译而来的介绍中国戏曲的作品。此前，北京外文出版社在1960年翻译出版过老舍先生的三幕话剧《龙须沟》。值得一提的是，西班牙格拉纳达大学的雷爱玲教授（阿丽西亚·雷林科·艾莱塔）在2002年翻译出版了在中国家喻户晓的经典传统戏剧作品《窦娥冤》《西厢记》和《赵氏孤儿》，引发很大反响。此外，曹禺的《雷雨》和老舍的《茶馆》也有译本出版。这些翻译作品为西班牙及西班牙语美洲地区的读者提供了一种了解和接触中国文学作品的新途径。

除了上述具体的作品翻译和出版情况外，中国小说和戏剧在西班牙的传播与发展也受到了一些非政府组织和学术机构的关注和支持。比如一些中西合作的项目和活动致力于推广中国文学和戏剧。如文化交流、研讨会、演出等。这些努力有助于加强中西文化交流，促进中西方文化艺术的融合与交流。然而，需要指出的是，在西班牙及西班牙语美洲国家，对中国小说和戏剧的介绍仍然相对较少，相对于其他国家的文化输出来说还有所欠缺。这主要是由于多种因素所致，包括语言障碍、文化差异以及对中国文学的认知度和兴趣度等因素的影响。

四、现当代西班牙语世界的汉学家

20世纪末，西班牙语世界中对中国及中华文化的研究并不充分，高等院校对中国的研究热情也未被唤醒，有限的研究成果都是由一些优秀的汉学家推动的。所以说，现当代西班牙语世界的汉学起步凝聚着这些学者的心血。

（一）20世纪中西文化交流的先行者——黄玛赛

在这一领域中，黄玛赛的贡献和影响是无人能够取代的。她的西班牙文名字是马尔塞拉·德·胡安，是一位在现当代西班牙语世界中备受尊敬的汉学家。黄玛赛的父亲黄履和是浙江余杭人，进士及第后便加入了清政府外务部门工作。当时，由于中国与西班牙关系不密切且语言上存在障碍，所以，清朝驻西班牙的公使职位始终空缺，没人愿意接手。于是，黄履和自愿申请，并于1897年前往马德里，成为清朝帝国驻西班牙全权大使。两年后，他在一次偶然机会中与一位比利时女子相遇并一见钟情，于1901年在伦敦结为夫妇。一年后，他们的长女娜婷出生，名字是法文Nadine的音译，这就是黄玛赛的姐姐。1904年，黄履和被派往古巴首都哈瓦那担任公使。1905年元旦，他们的第二个女儿玛赛出生，名字是西班牙文MARCELA前两个音节的音译。

在黄履和任职期间，根据西方贵族和上流社会的习俗，黄家姐妹并没有正式上学，而是由家庭教师教授，主要注重人际交往、艺术修养和社交礼仪等方面的教育。由于父亲是中国人，母亲是比利时人，家庭教师教授英语和德语，平时接触的语言是西班牙语，因此她们精通英语、法语、德语、西班牙语和汉语这五种语言。1913年秋天，黄履和被要求回国述职，姐妹俩终于随父母回到了她们一直向往的北京。到了北京后，她们开始上学。当时，北京有两所为外交官和外侨子女开办的学校，其中一所为英国人办的只允许白人儿童入学的学校，另一所则为法国天主教教会办的名为"圣心学堂"的学校。圣心学堂由方济各会修女弗朗西斯卡纳主持，除了白人儿童，还招收中国权贵子女。黄氏姐妹便进入了圣心学堂就读。中学毕业后，她们还在清华大学就读了一段时间。黄女士回忆称，在京期间，胡适和林语堂常常到黄家与其父亲讨论文学动态。虽然那时她们年纪尚小，但因为受到父亲宠爱，她们常常在旁聆听。因此，对这两位学界名流的著作有特殊的钟爱，尤其喜爱林语堂描写老北京习俗的《京华烟云》和《道家的女儿》等书。

1926年，黄玛赛经历了失恋和父亲去世双重打击。为了寻求精神上的解脱，她决定前往西班牙重温童年的美好时光。在马德里，通过曾是《柏林日报》驻西班牙记者，又是作家和翻译家的舅舅，黄玛赛结识了马德里的阿基拉尔出版社社长，并与之成为好友。随后，黄玛赛的许多著作由该出版社出版发行。在度过两年半的幸福婚姻生活后，黄玛赛再一次被丈夫和母亲的离世推入深渊。在无法改变的情况下，黄玛赛将全部时间和精力投入工作中，以避免悲伤回忆的缠绕。她曾在荷兰驻马德里的领事馆担任秘书，并在报纸杂志上发表文章，介绍中国的风俗和民情。后来，她在西班牙外交部任职。在此期间，马德里现代艺术博物馆邀请她做了一次名为"中国艺术介绍"的演讲，引起了强烈反响。随后，不仅西班牙的巴塞罗那、塞维利亚等大城市邀请她发表演讲，她甚至还去了里斯本、巴黎、布鲁塞尔、阿姆斯特丹以及瑞士的几座城市介绍中国文明和习俗。每次上台演讲时，她身穿素净的绣花旗袍，手持绸帕，深受听众的欢迎和喜爱。二战结束后，她经常受西班牙政府派遣，前往联合国担任同声传译。后来，她还被派往西班牙驻香港领事馆任职。

黄玛赛在汉学领域取得的成就是非常显著的，她对于西班牙与中国之间的文化交流和理解做出了重要贡献。她以独特的视角和丰富的语言能力，将中国的艺术、文化和习俗介绍给了西班牙和其他国家的人们，她的努力使得更多人对中国有了深入的了解。尽管黄玛赛的生平充满了坎坷和悲伤，但她通过自己的工作和努力，为促进中西文化交流做出了重要的贡献。

（二）20世纪西班牙伟大的翻译家——卡海洛·埃洛杜伊

卡海洛·埃洛杜伊是20世纪上半叶西班牙和西班牙语美洲几乎没有真正意义上的中国文学翻译的时期里的一位突出贡献者。他在研究和翻译中国典籍方面做出了显著的贡献。卡海洛·埃洛杜伊于1901年1月25日出生在西班牙中北部的蒙吉亚村。19岁时，他进入了罗耀拉耶稣会修道院学习。1926年，他来到中国，在安徽省芜湖市开始学习中文，直至1929年回到西班牙。然而，在中华人民共和国成立后，他再次来到中国，并一直留在芜湖地区直至1950年。随后，他搬到了台湾，原因是当时的神父都被派遣到台湾。最初，他在台湾从事辞书编纂工作，并于1977年出版了《汉西综合辞典》。这本辞典凝聚了他多年的心血。由于健康原因，他于1959年返回西班牙，在他的哥哥（一位神父和希腊哲学教授）的影响下，开始研究中国古代哲学。1961年，他在奥尼亚出版社出版了西班牙文版的《道家箴言》（后更名为《道德经》），并在书中对《道德经》进行了长篇分析。之后，他又撰写了《老庄思想与西方哲学》，该书于1968年被翻译成中文并在台北出版，在1972年再版于委内瑞拉首都加拉加斯。

1962年，卡海洛·埃洛杜伊神父回到台中，全身心投入对中国古代文化的研究和翻译。1967年，他在菲律宾首都马尼拉出版了西汉双语版的《庄子：文学家、哲学家、神秘的道家》。同年，他出版了论著《东方的政治人文主义》。此后，他又翻译出版了《易经》（《道家思想：64概念》）和《诗经》（《中国谣曲》），后者于1986年荣获西班牙国家翻译奖。在他生命的最后十年里，他开始研读《易经》和《墨子》。前者（《变化之书》）于1983年出版，后者（《兼爱之治》）于1987年出版。那时，他已卧病在床。

卡海洛·埃洛杜伊是对中国古代文化进行研究和翻译工作的汉学家，他的一生致力于推动中西文化交流和理解。他以其严谨认真、一丝不苟的态度而闻名，成为西班牙20世纪最重要的汉学家之一。其在现当代西班牙语世界的汉学领域具有卓越的成就。他对中国古代文化进行深入研究，并将其翻译成西班牙语，使更多的西班牙语读者能够了解和体验中国的文化精髓。他不仅仅是一位翻译家，更是一位学者，他的研究工作丰富了西班牙语世界对中国的认识和理解。卡海洛·埃洛杜伊对待工作非常认真，其敬业精神感染着周围的人。他严谨细致，对于每个细节都十分关注，从而确保他的翻译和研究工作的准确性和可信度。卡海洛·埃洛杜伊为中西文化交流和理解做出了重要贡献。通过他的翻译工作，西班牙语读者不仅能够了解中国古代文化的内涵，还能够感受到其中的美妙和智慧。他为促进中西方文化的相互交流起到了桥梁的作用，使两种文化得以互补和融合。

（三）21世纪西班牙的翻译家们

1.阿丽西亚·雷林科

西班牙语版的《文心雕龙》《西厢记》《牡丹亭》等多部中国古典文学巨著的译者都是同一个名字——阿丽西亚·雷林科。她从1976年开始学习汉语，至今已逾40年。雷林科读书时，中国功夫电影在西班牙很受欢迎，她和姐姐都是李小龙的忠实影迷，这让雷林科与中国结下了最初的缘分。后来，雷林科的一位老师去中国旅行回来后，非常开心地与学生分享在中国的旅行见闻，对中国大加赞赏。这让她对那个遥远的东方国度心生向往。从此，雷林科开始学习汉语。阿丽西亚·雷林科认为，汉语是世界上最美妙的语言，每个字都像跳动的音符。她对汉语的热爱近乎痴迷，经常学习汉语直到凌晨三四点钟，也完全感受不到倦意，只是如饥似渴地希望可以学到更多关于汉语的知识。尤其是唐诗给她带来的"第一次中国文学的冲击"，自此，学好汉语、研究中国文学的理想便在她心中扎了根。

从20世纪90年代起，雷林科将多部中国古典文学巨著译介成西班牙语版本。《文心雕龙》是其中的第一部。最初，翻译这部作品只是为了自己论文写作需要，从未曾想过要出版。可译本出版后，来自读者和学术界的热烈反响给了她信心，坚定了她坚持翻译中国古典文学作品的信念。当时西班牙很少有人了解中国文学，接触中国文学的途径也非常有限。市面上数量不多的中文译作大多从英语或法语转译而来，这是当时很多西班牙出版社的做法。但这样一来，译文便丧失了很多原作的细节和精髓。为了力求翻译准确，对于每部作品，她都需要阅读大量资料和文献。先去了解作品的时代背景、语言风格以及当时民众的生活。字斟句酌，反复推敲，耐心打磨。《文心雕龙》《西厢记》《牡丹亭》……阿丽西亚·雷林科将多部中国古典文学巨著译介成西班牙语版本。

1994年博士毕业后，雷林科在西班牙格拉纳达大学留校任教，教授中国古典文学和文学史等课程。后来，她又挑起了格拉纳达大学孔子学院外方院长的担子，投身于西班牙的汉语教学和推广事业。雷林科几乎每年都要到访中国，随着中西两国间的往来日益紧密，有更多的西班牙人对中国和中国文化产生兴趣，但也有不少人对中国的最初印象仍是"古老""传统"之类，缺乏更深入的了解。在雷林科看来，中国如今在科技和创新领域的投入越来越多，发展也越来越快，西方有很多地方需要向中国学习。2017年，为表彰她为西班牙语世界的中国文学研究和对增进中西文化交流做出的积极贡献，雷林科获得第十一届中华图书特殊贡献奖。雷林科接下来的目标是完成《楚辞》的翻译，继续将更多中国古典文学带给西班牙语读者。

2. 胡安·何塞·西鲁埃拉·阿尔费雷兹

胡安·何塞·西鲁埃拉·阿尔费雷兹是西班牙汉学家、语言学家、翻译家，现任格拉纳达大学哲学与文学系教授、格拉纳达孔子学院外方院长。他曾在西班牙驻华使馆工作多年，参与审定国家汉办（现教育部中外语言交流合作中心）专为西语母语者编写的汉语教材《今日汉语》，翻译中国当代文学作品。

1962年，胡安出生于巴塞罗那。上大学时，他的专业是西班牙语语言文学。那时功夫电影流行，他一时兴起，便用课余时间跟来自香港的华人练功。然而武艺精进并没有想象中那么容易。于是，他报了校外汉语培训班，由此开启与汉学的不解之缘。1987年，大学毕业后的胡安有机会赴华留学。通过在北京语言学院（现北京语言大学）和北京大学的学习，胡安的中文有了很大进步。从甲骨文到简化字，他认真研究了汉字演变，这在学习汉语的"老外"中并不常见。日积月累，胡安成为西班牙汉字研究领域的专家。回国任教后，他在格拉纳达大学的汉字教程成为该校精品课，常有学术、文化机构请他做公开讲座。

莫言获得诺贝尔文学奖后，西班牙大量引进其作品，但绝大多数都是由英文转译而来，主要有两个原因：一是由英语转译至西语省时省力；二是如果一部中文作品已在英、法市场取得不错的销售成果，将有利于其在西班牙推广，销量有保障。然而随着中国文学不断走向国际，出版方发现这种"二道手续"的转译本存在诸多问题，因此，凯伊拉斯出版社联系胡安，希望其直接从中文翻译。胡安欣然接受了这一任务。面对中国当代文学作品翻译中的困难，胡安认为应在忠于原作的基础上，尽量通过流畅的语言还原原文的陌生化修辞，这既是对原语文本的尊重，也是文学创新的重要维度。

在胡安眼中，好翻译应在原文和读者之间把握好平衡。由于中西语言差别很大，而中文作品又有着深厚的文化底蕴，目前能够胜任汉译西的译者可谓凤毛麟角。不过，伴随中西交往的深入，这样的人才在逐年增加。目前，胡安正为马德里的一家出版社翻译陆羽的《茶经》。他说：相信随着时间的推移，西班牙读者将享受到更多从中文直译而来的文学作品，更好地体会中国文化的魅力。

3. 达西安娜·菲萨克

1960年，达西安娜·菲萨克出生于西班牙马德里。父亲是颇有名气的建筑家，曾在20世纪50年代因公过境香港，并在短暂的东亚之行中洞悉中国巨大的发展潜力，极富远见地对孩子们进行了中文启蒙，这在当年的西班牙绝对是先人一步。1978年，未满18岁的菲萨克迎来人生中第一个高光时刻——作为当时西班牙国内稀缺的汉语人才，她参与了西班牙国王胡安·卡洛斯一世的首次访华，为西班牙埃菲通讯社的记者们做翻译。这是中西建交后两国领导人首次会晤，也是西班牙迈向民主化和中国改革开放前夕双方具有历史意义的一次交往。此后，菲萨克应邀再次来华短暂工作和生活。在各类活动中，她走近中国文化界，结识了巴金、钱锺书与杨绛夫妇以及一大批青年作家，其中包括当时年仅29岁的铁凝和32岁的莫言。

1981年，菲萨克与其老师合译完成的西班牙名著《小银和我》节选发表。3年后，该书全文由人民文学出版社付梓出版。1985年，菲萨克进入汉学传统悠久的意大利那不勒斯东方大学，师从意大利汉学家高察专攻中国语言文学。其间，她弥补了文言文水平不足的短板，越发意识到，要了解当代中国，了解中国传统文化必不可缺。也正是从那时起，她更加投入地参与到中国现当代文学译介之中。

一直以来，菲萨克都以结识中国作家为荣。她曾给巴金写信，申请翻译长篇小说《家》。她在中国和西班牙多次面见钱锺书、杨绛夫妇，这对朴素而有修养的学者伉俪给她留下了深刻印象，也让她有机会翻译《围城》。她一直与中国作家保持联系，翻译了铁凝等作家的中篇小说，鲁迅、高晓声、毕飞宇、苏东、曹文轩等作家的短篇小说。

在菲萨克看来，中国现当代文学代表了希望，其被世界普遍接受和认同的根本原因并非个别译者的推动，而是中国现当代文学自身的发展。她认为，自20世纪开始，中国文学慢慢走上一条属于自己的道路。这条道路既不是单纯地继承传统，也不是简单地汲取西方的写作方法，而是把中国传统的写作经验和世界现代的写作方法融合在一起，有效扩大、提升了中国文学在世界的影响范围和力度。众多优秀作家、作品是中国现当代文学闻名于世的先决条件。世界上没有哪个国家像中国这样有这么多的作家。他们非常开放，也十分了解世界文学，好作品一部接着一部，仅此一点，就足以让中国文学在世界上确立自己的地位。

通过菲萨克的译介，中国现当代文学作品第一次摆进了西班牙书店，打破了早年中文作品西语译著集中于古代典籍的局面，西班牙读者终于有机会透过中国现当代文学，了解与他们同处一个时代的中国社会和中国人。如今，《家》已在西班牙出了几版，《围城》重印后也已售罄，这都证明了好作品永远不缺读者，文学经典是民族的，也是世界的。

菲萨克坦言，当前中国作品在西班牙出版的最大障碍不是作品的问题，而是许多出版社迫于经济压力，无法坚持文学标准，单单通过一些英译本的销量传闻就决定要不要发行。实际上，作品的水平与有没有英译本、英译本好不好并无关系。菲萨克呼吁西班牙出版商更多关注在中国占主流的好作品，她相信十几亿中国人民挑选出的好作品，也一定能在世界各地引起广泛共鸣。

为了更好地促进中西文学、文化、翻译、出版界交流互动，2010年上海世博会前夕，菲萨克通过西班牙国际展览局邀请陈众议、劳马、周嘉宁、张悦等中国当代作家赴西旅行。当年，菲萨克陪同西班牙国王访问团埃菲通讯社的记者们行走中华大地；而这一次，她陪着几位中国作家从北到南走遍了西班牙6座城市。旅行结束后，菲萨克将作家们的稿件逐一翻译，结集出版了中西双语版的《西行西行：中国作家西班牙纪行》。她认为，文学是反映社会的一面镜子，也是让我们观察他人、反思自己的一面镜子。

在现当代西班牙语世界，汉学家以其深入的研究和丰富的知识为人们阐述了中国古代文化的精髓。通过对中国文学、哲学、历史和艺术等方面的研究，将这些宝贵的文化遗产传达给了西班牙语读者；通过精准的翻译和全面的解读，让西班牙语读者能够近距离感受到中国文化的博大精深。西班牙的汉学家具备扎实的学术背景和专业的翻译能力，他们精通汉语，并深入研究了中国的历史、文化和文学；他们不仅仅是翻译家，更是中国古代文化的传播者和倡导者；他们通过各种学术研究和著作，为西班牙语读者展现了中国文化的独特魅力，对推动中西文化交流和理解具有重要意义；他们更是在跨文化交流中发挥着桥梁的作用，通过深入研究中国文化的背后含义，解读其中的意义和价值，使西班牙语读者更好地理解中国的思想、价值观和生活方式。

随着中西关系的不断加深和全球化的发展，对中国文化的需求会持续增长。汉学家将继续致力于提供高质量的研究和翻译工作，进一步推动中西文化的交流与融合。随着科技的进步和信息交流的便捷，他们也可以借助互联网和新媒体平台，将中国文化传播给更多的人群。通过在线研究和教育资源的开发，将自己的知识和研究成果分享给全球范围内的读者，促进中西方文化的互动和对话。

第三节
西班牙文学在中国的传播与发展

一、《堂吉诃德》在中国

《堂吉诃德》是西班牙作家塞万提斯的代表作品之一，被公认为世界文学史上最伟大的小说之一。它讲述了一个平凡的贵族堂吉诃德如何为追求骑士精神而踏上了一段充满荒诞的旅程。在西班牙文学作品中的骑士精神，不仅是对骑士本身的一种要求，更是对其勇敢战斗、不畏艰险的一种要求。无论是在小说《堂吉诃德》中，还是在戏剧《堂吉诃德》中，都表现了骑士精神的这一内涵。堂吉诃德是一个充满理想主义情怀的人，他热爱骑士精神，认为自己是骑士，并为了实现自己的理想，不断地进行着各种践行骑士精神的行动。他坚信可以通过自己的行为和思想改变整个世界，尽管他的想法看似荒唐可笑，但他却一直坚持到底。此外，堂吉诃德还通过与侍从桑乔·潘萨的交流，表达了对于骑士精神的理解和追求。他们在旅途中遇到了许多困难和挫折，但在堂吉诃德的带领下，他们仍然保持着对骑士精神的信仰，不断前进。他们的行为彰显了骑士精神的坚韧和不屈不挠，同时也表现了对身边人情谊的珍视，让我们看到了一个人追求理想和信仰的勇气和决心，以及在现实世界中遭遇挫折和矛盾时的坚韧和从容。

《堂吉诃德》是一部充满讽刺意味的"反骑士精神"小说，它不仅以荒诞的形式展现了一个人对理想和信仰的执着追求，更深刻地反映了人类对真理、正义和美好生活的追求。纵然如此，读者也能看出堂吉诃德行为确乎呈现出了骑士精神中"坚韧""不屈不挠"和"从容"等特性，让读者看到了人性常态的一面，也让读者看到了人性独特的另一面。这篇小说的阅读价值不仅在于文学艺术层面，更在于能给予人们深度的启示，鼓励人们进行人生哲学的探索。作为西班牙文学史上的经典之作，《堂吉诃德》在中国的引入和传播对于中国文学的发展产生了积极影响。《堂吉诃德》最早曾在明代就有过相关的翻译作品，到了近代则被更加广泛地接受和研究。通过这部作品，中国读者能够了解到西方文学的形式和风格，丰富了中国文学的多样性和创造力。

从文学角度来看，《堂吉诃德》在中国的文学史中具有开创性和突破性的意义。它以独特的叙事方式和深刻的主题内容，挑战了传统文学模式，打破了传统小说的局限。《堂吉诃德》不仅是一部娱乐性的作品，更是对人类理想和现实的思考和探索，为中国的文学创作提供了新的思路和启示。

从人物塑造角度来看，塞万提斯通过《堂吉诃德》中的主人公贡布劳丁·堂吉诃德，以及其追求"理想"的精神，对中国文学史产生了深远的影响。《堂吉诃德》中的角色塑造和情节展开带有浓厚的人性关怀和社会批判意味，激发了中国作家对人性、社会现实和人类理想的思考和表达。他的虚构英雄形象为中国文学创作提供了无尽的想象空间和艺术表达的可能性。作为一部蕴含着浓厚哲学思考的作品，《堂吉诃德》也为中国的文化思想提供了启迪。借助于塞万提斯对理性、幻想和现实之间矛盾关系的探讨，中国文学界也开始进行自我反思和思想启蒙。《堂吉诃德》所提出的关于真实、虚无和嘲讽等问题，激发了中国知识界对现代文明和传统文化之间张力的思考与讨论。

在文学价值分析层面，《堂吉诃德》在我国文学发展中具有艺术欣赏的价值。作为一部经典的讽刺小说，它通过堂吉诃德这一可爱的反英雄形象，对封建社会的荒诞现象进行了尖锐的批判，以及对人性的探索和反思。这种幽默的讽刺手法和辛辣的文字描写，使得作品既有娱乐性，又能引发读者对社会现象的思考，增加人们的艺术鉴赏能力。以往，中国文学一直注重对社会现实的揭示和批判，而《堂吉诃德》正是通过讽刺手法揭示封建社会的虚伪和荒谬。这对于我国文学作品的创作具有一定的借鉴意义，启发了我们对社会问题的思考和批判的勇气。同时，它也对中国现代小说发展产生了影响，为中国文学的国际化提供了参考。此外，《堂吉诃德》在我国教育领域中具备教育意义的价值。该作品通过堂吉诃德的悲剧经历以及他对理想和现实的追求，告诉人们不应该沉溺于幻想和自我妄想。这对于我们当代年轻人的成长和教育有着积极的影响。教育引导学生树立正确的人生观和价值观，帮助他们认清自我，并理解在社会中应如何正确地奋斗。同时，作为西方文学的经典之作，翻译《堂吉诃德》可以促进我们对西方文化和文学的深入了解。同时，它也为中外文化的交流和对话提供了契机，促进了跨文化的交流与融合。通过阅读和研究《堂吉诃德》，我们可以拓宽思维视野，丰富自己的文化素养。

二、维森特·布拉斯科·伊巴涅斯在中国

维森特·布拉斯科·伊巴涅斯是西班牙现代作家中被中国人民最早了解和敬重的一位。根据鲁迅先生在《华盖集》中的日记记载，早在1926年，中国人民就已经认识了伊巴涅斯，可能已经读了他的一些短篇小说。而鲁迅先生自己也对伊巴涅斯非常了解，知道他在第一次世界大战中所做的贡献，尤其是他写的《四骑士启示录》这本书在世界文坛反响非凡。鲁迅先生在教育部任职期间，站在学生一边，反对军阀统治，因此对伊巴涅斯的作品给予了高度评价。1928年，当鲁迅先生再次提及伊巴涅斯时，称他与皮奥·巴罗哈都是西班牙当代文学最重要的作家。而在1929年，鲁迅先生又提到伊巴涅斯和皮奥·巴罗哈，表示伊巴涅斯之所以知名度更高，是因为他的小说《碧血黄沙》被好莱坞改编成电影，在上海上映后广受市民关注。于是鲁迅亲自翻译了巴罗哈的作品《山民牧唱》。而正式向中国读者介绍伊巴涅斯的是戴望舒先生。戴望舒是中国现代派诗人的代表，他以自己的诗歌表达个人不幸与悲伤，对生活持消极态度，但抗日战争爆发后态度积极起来，宣传抗日道理。戴望舒在解放以前就翻译和发表过伊巴涅斯的一些短篇小说。1956年他的《伊巴涅斯短篇小说选》在中国出版，其中包括《巴伦西亚最后一头狮子》《巫婆的女儿》《一个悲惨的春天》《墙壁》等作品。可称得上是中华人民共和国成立后最早的一本关于伊巴涅斯作品的译本。

伊巴涅斯作为西班牙现代文学的代表之一，其作品通过翻译和介绍，让中国读者对西班牙文学有了更深入的了解。他关注人道主义和世界主义，对抗战主题和人性问题进行了深入思考和描绘。他的作品对中国文学的现代化发展起到了一定的推动作用，也为中国读者带来了新的文学体验和启示。伊巴涅斯的作品在中国的传播与翻译活动中，鲁迅与戴望舒等作家的积极参与起到了重要的推动作用。他们的评价和介绍使得伊巴涅斯的作品得以被更多中国读者接触和了解，这些努力都开阔了中国读者的文学视野。

伊巴涅斯在1927年至1928年期间，通过黄鼎臣、李谷珍等人的介绍，认识了年轻时代的庄重，并与之频繁交往。庄重是1901年出生在广东省海丰县的中国作家、翻译家、编辑和政治活动家。1932年，在西班牙因参加反法西斯运动被驱逐出境的庄重，在上海开始翻译许多西班牙进步小说，并撰写相关文章，后来成了国内知名的西班牙文翻译家。不久之后，淞沪抗战爆发，上海沦陷后，庄重与胡愈之等人一起从事抗日救亡宣传工作。伊巴涅斯当时是八路军驻上海代表，他们几乎每天都见面，也因此建立了深厚的友谊。20世纪60年代，伊巴涅斯的小说《茅屋》被庄重翻译，并由人民文学出版社出版。

伊巴涅斯的作品关注人道主义和世界主义，对抗战主题和人性问题进行了深入思考和描绘，对中国文学的现代化发展起到了推动作用。

三、西班牙文学对中国当代文学的影响

（一）西班牙文学风格对中国当代作家的启发和影响

西班牙文学源远流长，文学风格丰富多样且内涵深刻，对世界文学乃至中国当代作家产生了深远的影响和启发。须知，西班牙文学以其多元化和豪放自由的风格而著名，其被誉为"游牧者之国"，涌现出许多具有强烈个性和独立见解的作家。这种文学风格的广泛性和多样性，涵盖了浪漫主义、现实主义、现代主义等各时期和流派，为中国当代作家提供了丰富的创作模板和思维框架。中国当代作家可以从西班牙文学中汲取营养，拓宽自己的写作领域，突破传统的创作模式，表达更加真实和自由的内心世界。此外，西班牙文学以其深厚的人文主义传统和对人性的深刻思考而闻名，并在世界文学

史上占据着重要地位。西班牙文学中融合了宗教、哲学、道德伦理等多种元素，作品中常常探索人类存在的意义和价值，传递正直、勇敢、乐观的人生态度。这些思想启示着中国当代作家，使他们能够以更加深入和有力的方式思考人类的内心世界，面对社会现实和个人命运给予合适的回应。

西班牙文学作为欧洲文学的重要组成部分之一，凝聚了许多优秀的文学传统和经验。西班牙文学中精妙的叙述技巧、独特的情感表达方式以及对语言韵律的灵活运用，为中国当代作家提供了良好的参考和借鉴。通过研究西班牙文学，中国当代作家不仅可以进一步提升自己的文学修养，还能够拓展自己的写作技巧，使作品更加丰富多样、感染力更强。西班牙文学作品中常常关注人性、社会问题、历史遗留等深层次的问题，体现了作家对现实的思考和关怀。而他们在面临日益复杂的社会环境和心灵困境时，也能从西班牙文学中感受到作者对人类生存的关怀和对社会现象的审视。这种人文关怀的力量激励着他们深入挖掘自身的创作主题，以及对社会问题的关注，将现实与文学相融合，为读者提供有价值的阅读体验。

西班牙作家的作品强调真实地描绘社会和人物，表现人性的复杂性。这种现实主义的刻画手法激发了中国当代作家对社会现实的关注和思考。比如莫言的《红高粱家族》通过对历史事件的真实再现，展现了中国"大跃进"时期的残酷现实，即使是在虚构的故事中也揭示了深邃而真实的历史。西班牙现实主义文学还强调对社会现象和人物的深入观察，激发了中国当代作家对社会细节的关注与描述。比如余华的《活着》和严歌苓的《小姨多鹤》都展现了作者对中国社会底层人民生存状态的深刻洞察。西班牙文学的超现实主义为中国当代作家的创作提供了新的视角和启发。西班牙诗人荷西·卢伯朗的超现实主义作品呈现出超越现实的幻想世界，这种创作风格在中国当代作家中也产生了共鸣。钱锺书的《围城》通过虚实结合、幻想与现实的对照，描绘了封建社会的困境和人性的悲喜，体现了超现实主义的影响。而莫言以奇幻的写作手法创作了《檀香刑》，将超现实的元素融入对社会现象的揭示，进一步开拓了中国当代文学的创作领域。西班牙文学的社会关怀和人道主义精神也对中国当代作家产生了积极的影响。西班牙文学作品中经常反映社会不公、人性的弱点以及对人道主义价值的思考。这种关怀和反思引发了中国当代作家对社会现实和人性问题的深入思考。一些作家在作品中探讨社会阶层、人性的黑暗面以及个体命运的无奈，从而呈现了更加丰富和深刻的作品内涵。此外，西班牙文学的现代主义和后现代主义风格也对中国当代作家发展独特的艺术表达方式产生积极作用。西班牙诗人费德里科·加西亚·洛尔卡的现代主义诗歌深受中国诗人的喜爱，并对他们的创作产生了重大影响。中国当代作家海子、北岛等在诗歌创作中融入了现代主义元素，他们以深刻的内省和独特的语言风格表达了个人情感和社会冷漠。后现代主义文学强调对语言和叙事的颠覆和重构，西班牙作家何塞·索托的作品对中国当代作家创作风格产生了巨大影响。王小波、杜维明等中国作家在小说创作中注重意识流、拼贴手法和双重叙事，塑造出富有张力和多维度的艺术形象。

西班牙文学中宏大的历史叙事和传统文化的传承也对中国当代作家的创作产生了积极的影响。西班牙作家博尔赫斯的短篇小说集《读经书》展现了对历史和文化的广阔视野，这种对宏大历史背景和传统文化的关注同样可以在中国当代文学中找到。比如莫言的《丰乳肥臀》通过对中国历史的温情叙事，勾勒出家族命运上升和变迁的宏大画卷。中国当代作家通过对历史的回溯和文化的传承，使作品更具厚重感和时代感。

西班牙文学以其丰富多样的文学风格闻名于世。其中最为重要的两个风格流派是现实主义和魔幻现实主义。现实主义以真实的人物形象和真实的情节来描绘社会现实，使读者产生强烈的代入感。相比之下，魔幻现实主义则通过超现实的元素和奇幻的叙事，在真实和想象之间创造出一种独特的文学体验。这两种风格的结合和交融为西班牙文学带来了独特的魅力。这种独特的文学风格对中国当代作家产生了巨大的影响。一方面，西班牙文学的现实主义描写方式让中国当代作家更加关注社会现实，呈现出真实的人物形象和真实的情节。在中国的现代都市小说中，我们可以看到许多对社会现象的深入剖析和对人物命运的真实描绘，这与西班牙文学现实主义的影响密不可分；另一方面，西班牙文学的魔幻现实主义风格则为中国当代作家带来了更加奇幻和想象的写作方式。一些中国当代作家的作品中也出现了超现实元素，通过奇特的情节和叙事方式，展示出了丰富的想象力和艺术表达力。

西班牙文学的创作传统也对中国当代作家产生了深远的影响。西班牙文学以其深厚的历史底蕴和经典作品而闻名。比如塞万提斯的《堂吉诃德》被誉为世界文学的杰作之一，加西亚·马尔克斯的《百年孤独》则是魔幻现实主义的经典之作。这些作品的影响不仅体现在其艺术价值上，更在于其对中国当代作家的创作态度和文化认同的引导作用。在西班牙文学的启发下，许多中国当代作家注重对历史传承的思考，通过对传统文化和文明的回归，创造出更加具有独特风格和深度内涵的作品。西班牙文学风格对中国当代作家的启发和影响是多方面的。现实主义、超现实主义、现代主义和后现代主义等不同的文学风格，为中国当代作家提供了丰富的艺术资源与表达方式。同时，西班牙文学中的宏大历史叙事和传统文化的传承，也为中国当代作家创作提供了宽广的思考空间。无论是现实主义的真实描写，还是魔幻现实主义的奇幻叙事，以及西班牙文学的创作传统和人道精神，都在一定程度上影响了中国当代作家的创作风格和文学思想。这种跨文化的交流和借鉴，丰富了中国当代文学的内涵，也使文学作品更加多样化和具有国际视野。西班牙文学的影响在中国当代文学中得到了巧妙的融合和创新，为中国文学的发展注入了新的活力和创造力。

（二）西班牙文学对中国当代文学发展轨迹的影响

西班牙文学对中国当代文学发展轨迹的影响可以追溯到20世纪末的交流与借鉴时期。西班牙文学不仅具有悠久的历史，而且在艺术风格、创作技巧和主题内容方面也具有独特的魅力。西班牙文学以其浓厚的人文主义氛围和情感描写的细腻性闻名于世。中国当代文学作家从西班牙文学中汲取了描写技巧和创作风格的启示，丰富了自身的文学表达方式。西班牙文学中常见的"魔幻现实主义"风格曾经对中国当代作家产生了深远的影响。比如中国作家莫言就曾在自己的作品中融入了魔幻元素，使得作品更加富有想象力和独特性。转换视角观之，西班牙文学作为一个重要的历史见证者，在文学作品中经常探讨社会、政治、宗教等重大议题，并反映出人性的复杂性和世界的多样性。这种关注社会现实和反思人类生存状态的精神对中国当代文学的发展产生着重要的启示作用。中国作家在创作中也开始更加关注社会问题和人类命运，通过文学作品反映现实、批判现象，以期唤起读者的思考和共鸣。多年来，西班牙文学作品通过翻译成为中国读者了解西班牙文学的窗口。这种跨文化的交流和接触使得中国读者对西班牙文学的兴趣不断增加，并为中国当代作家提供了一个广阔的文化视野。同时，在文学上的交流合作也促进了东西方文化的碰撞与融合，推动了各国文学创作的发展。

西班牙文学作为世界文学的重要组成部分，以其独特的艺术表达和文化内涵为中国当代文学提供了诸多借鉴和启示。西班牙文学的丰富多样性为中国当代文学提供了广阔的创作空间和丰富的文学资源。西班牙文学悠久的历史、独特的地域背景和多元的文化传统使其作品具有丰富的题材和风格。从著名的《堂吉诃德》到《百年孤独》，都成为中国文坛不可忽视的参考和借鉴对象。这些作品的独特性和深入人心的内容对中国作家在创作中探索新的题材和形式起到了积极的促进作用。西班牙文学以其独特的叙事方式和艺术手法在全球文坛上享有盛誉。比如现代主义小说的代表作品《尤利西斯》，以其精妙的叙述结构和多层面的叙事技巧开创了新的文学范式。中国作家通过学习西班牙文学的艺术表现手法，深化了对小说叙事艺术的理解和运用，进一步拓宽了当代文学的创作边界。

此外，西班牙文学中丰富多样的人物形象和生动鲜明的描写方式为中国当代文学创作提供了丰富的思考角度。西班牙文学作品中塑造的各种形象充满个性和特色，具有较强的真实感和代表性。这些形象的刻画方式不仅启示了中国作家对人物形象塑造的新思路，也为他们提供了丰富的参照和借鉴对象。通过学习西班牙文学中生动鲜明的描写方式，中国作家能够更加准确地捕捉人物内心世界的细节和微妙变化，提升作品的艺术品质。西班牙文学的社会历史背景和文化内涵也对中国当代文学产生了一定的影响。西班牙文学作为西方文明的重要组成部分，承载着丰富的社会历史信息和文化传承。中国作家通过研究西班牙文学作品所反映的社会历史现象和文化背景，能够从中借鉴和汲取相应的启示，使自己的作品更具有时代感和深度。

西班牙文学对中国当代文学的影响在题材和创作手法上呈现出了明显的变化。传统上，中国文学注重表达社会现实和政治问题，而西班牙文学则更加注重人性的深刻挖掘以及对生活细节的描写。随着对西班牙文学的研究和接触不断深入，中国当代作家开始结合西班牙文学中的题材和创作手法，使自己的作品更具现代性、个性化和浪漫主义的色彩。这种变化使得中国当代文学的创作更加多样化，涵盖了更广泛的主题和形式，从而满足了读者对文学作品的多样化需求。在中国当代文学的发展轨迹中，西班牙文学为作家提供了新的启示和创作灵感。西班牙文学以其浓厚的人文关怀和独特的艺术追求而闻名，这在一定程度上引发了中国当代作家对自我情感和人生意义的深入思考，并通过作品表达出来。中国当代作家开始探索内心世界的复杂性和多义性，将细腻的情感通过文学作品传递给读者。这种启示和创作灵感的引入使得中国当代文学的创作更具个性化和深度，打破了传统文学观念的束缚，塑造了更加独特和丰富的文学形象。西班牙文学也为中国当代文学的国际交流和影响力的提升做出了积极贡献。西班牙文学作为世界文学的重要组成部分，其作家和作品在国际上享有盛誉。中国当代作家通过研究和借鉴西班牙文学的经验和技巧，提高了自身作品的质量和国际认可度。在文学交流活动中，中国当代作家与世界各地的作家展开了广泛的合作和交流，通过互相学习和借鉴，中国当代文学得到了更多的国际认可和关注。

西班牙文学对中国当代文学发展轨迹的影响是多方面的。从文学技巧借鉴到主题内容的吸收，再到文化交流与合作的推动，这些都为中国当代文学带来了新的思路和创作可能性。西班牙文学的影响使得中国当代文学与世界文学紧密相连，在国际文坛上树立起中国声音的独特地位，丰富了中国文学的内涵，拓展了中国文学的边界。这种影响不仅对于文学本身有着重要意义，更在文化交流与文化认同的视角下促进了世界文化的多元发展。西班牙文学对中国当代文学的发展轨迹产生了广泛而深刻的影响。其丰富多样的题材和风格、独特的艺术表达手法、生动鲜明的人物形象描写以及悠久的历史和文化内涵，都为中国作家提供了宝贵的学习资源和创作借鉴。通过与西班牙文学的接触与交流，中国当代文学不断在吸收西班牙文学的精华的同时，也在创新与发展中找到自己的独特风貌和道路。

（三）西班牙文学主题在中国当代文学中的重新诠释和转化

1. 重新诠释和转化的多样性

西班牙文学主题在中国当代文学中的重新诠释和转化，展现出了令人瞩目的多样性。这一现象在很大程度上是由于全球化以及中国与其他国家之间交流的增加所带来的。在这个背景下，中国作家开始从西班牙文学中汲取灵感，并赋予其独特的中国特色，以满足中国读者对多元化文学作品的需求。

在诠释的侧重方面，中国作家更注重将西班牙文学中的主题与中国社会现实相结合，更好地反映当代中国的社会问题和人民生活。他们将西班牙文学中的主题融入中国的历史、文化和社会语境中，使得作品更贴近读者的生活体验和价值观念。比如将西班牙文学中关于爱情、家庭和自由的主题转化为关于中国家庭关系、婚姻观念和社会压力的探索。

西班牙文学还侧重对人性和命运的思考，所以，西班牙文学主题在中国当代文学中对人性和命运的诠释也更加突出。这种诠释包括对人性的探索、对命运的解读以及对个体遭遇的关注等。通过深入描绘人物的内心世界和复杂的命运问题，中国当代作家对西班牙文学主题进行了重新演绎，展示了人类面对困境时的坚韧和尊严。

在西班牙文学中，爱与死一直是核心主题，而在中国当代文学中，对于爱与死的诠释则更注重情感的深度和复杂性。作家通过对人际关系、情感冲突和生死问题的思考，将西班牙文学中的爱与死主题重新理解和表达，并丰富了其内涵。在中国当代文学中，小说成为一个重要的诠释形式。作家通过小说的叙事性和多样性，将西班牙文学主题重新呈现出来。他们运用生动的故事情节、独特的叙述手法和深刻的思考，使读者能够更好地理解和感受到西班牙文学主题的魅力。诗歌作为一种高度凝练和抒情性强的文学形式，也广泛被用来重新诠释西班牙文学主题。中国当代诗人通过对语言和形式的探索，以及对西班牙文学的吸纳和借鉴，呈现其独特的诗意表达方式，使得西班牙文学主题在诗歌中得到了深入的诠释和展示。

在过去，中国读者对于西班牙文学主题的认知主要局限于浪漫主义、现代主义等传统流派。然而，随着中西文化交流的深入，中国作家开始更加全面地关注并挖掘西班牙文学中的其他主题，如历史、社会、人性等。他们通过重新诠释西班牙文学主题，使之与中国的社会现实相结合，以丰富和拓展中国当代文学的内涵。中国作家通过运用西班牙文学主题，表达对人类普遍存在的情感和生命意义的思考，并探索人与自然、人与社会、人与人之间的关系。比如在西班牙文学中广为人知的孤独、欲望、爱与死等主题在中国当代文学中得到了深入的探讨和表达，展现出作家对人性复杂性的敏锐洞察和深刻思考。诠释西班牙文学主题的形式多样化，中国作家通过小说、诗歌、剧本、散文等不同的文学形式加以呈现。这些不同的形式赋予了作品不同的表现力和艺术特点，使得西班牙文学主题得以更全面、立体的展现。比如一些作家选择采用诗意的语言和抒情的笔调，将西班牙文学主题融入他们的诗歌作品中，以感染读者的情感。而一些作家则通过小说的叙事方式，巧妙地将西班牙文学主题渗透到故事情节和人物塑造中，让读者深入体验其中的内核。在中国当代文学中，对西班牙文学主题的诠释并非一成不变的，而是随着时代的发展和作家个人的创作特点而呈现出多样性。一方面，随着社会变革和不同文化因素的影响，中国作家对西班牙文学主题进行了更加深入的挖掘和解读，使之与中国社会的现实问题紧密相连；另一方面，中国作家在诠释西班牙文学主题的过程中也融入了自身的创新和思考，通过对传统主题的再构建和转化，展现出更具个性和独特性的创作风貌。

2. 重新诠释和转化的多元化表达

西班牙文学主题在中国当代文学中得到重新诠释和转化，呈现出多元化的表达方式。从叙事小说到心理小说、自传体小说，从抒情诗到象征主义诗、后现代诗，作家通过不同的文学形式和风格，以丰富多样的方式表达对西班牙文学主题的理解和思考。西班牙文学主题的重新诠释和转化，离不开中西文化之间的深入交流。随着中国和西班牙之间文化交流的加强，中西文学之间的良性互动和借鉴日益频繁，这也为西班牙文学主题在中国当代文学中的诠释和发展提供了广阔的空间。在诠释的形式上，中国作家通过各种创新的写作技巧和文学形式来重新诠释西班牙文学主题。他们会运用中国传统的叙事方式。比如寓言或象征主义，将西班牙文学中的主题进行转化，或者他们也可以运用现代派的手法，比如意识流和碎片化叙事，来重新演绎西班牙文学作品的核心思想。通过这种形式的创新，中国作家能够更好地传达他们对西班牙文学主题的个人理解和情感表达。

转化的发展呈现出了多种状态，其中最突出的是西班牙文学主题在中国当代文学中的汉化和本土化趋势。中国作家将西班牙文学中的主题、情节和角色整合到中国社会和文化的背景中，并加入中国特有的元素和语言风格，使作品在情感上更贴近中国读者。此外，还存在一些作品在转化的过程中保留了西班牙文学原著的风格和情感，以保持其独特性和魅力。

3.重新诠释和转化的创新性

西班牙文学主题在中国当代文学中的重新诠释和转化，呈现出了创新性。中国作家通过将西班牙文学与中国社会现实相结合，并采用各种创新的写作技巧和形式，赋予西班牙文学主题以中国特色。这种重新诠释和转化既满足了中国读者对多元文学的需求，也展示了中国当代文学的独特魅力。随着全球文化交流的继续发展，我们可以期待这种转化和诠释在中国文学中的进一步拓展和深化。

中国当代作家对西班牙文学主题进行重新诠释，侧重于对主题的深入挖掘与延伸。他们通过细腻的文字描写和深入的思考，将西班牙文学中的主题进行忠实还原，并以独特的视角进行诠释。比如西班牙文学中常见的主题如爱情、自由、人性等，在中国当代文学中依然得到了广泛关注，但表现形式更为多样化。作家将这些主题与中国的历史、社会、文化相结合，探讨现实生活中的矛盾与困境，呈现出更加丰富而真实的人性面貌。中国当代作家对西班牙文学主题的诠释形式多样，注重个体的探索与价值观的反思。在小说、散文、诗歌等文学形式中，作家通过富有想象力的叙述手法和独特的艺术表现方式，将西班牙文学主题更加立体地展现出来。他们通过对情感、意义、存在等核心问题的探索，向读者传递着对人生与社会的思考与疑问。同时，在诠释形式上，中国当代作家也借鉴了西班牙文学中的创新手法。比如流派跨越、叙事结构的拆解与重组等，给作品注入了更加前卫与独特的审美风格。西班牙文学主题在中国当代文学中的转化呈现出丰富多样的状态。一方面，作家通过对西班牙文学主题的自由发挥和创新改造，使之与中国社会现实相契合，呈现出时代的精神风貌；另一方面，作家也通过对西班牙文学经典作品的翻译与解读，将其引入中国文学传统，并与本土文学进行对话与交流。这种融合与转化既延续了西班牙文学的优秀传统，又展示了中国当代文学的独特魅力，促进了两种文化的相互渗透与发展。

中国作家通过对西班牙文学作品进行深入研究，发现其中蕴含了丰富的人性探索和社会关怀。他们试图将这些主题与中国当代社会背景相结合，赋予其新的内涵和意义。比如西班牙文学中常见的自由、压抑、孤独等主题，在中国当代文学中被赋予了更多的现实意义和个体情感，以呈现出更加真实和独特的形象。诠释的形式表现为对西班牙文学创作技巧和风格的吸收与借鉴。中国当代作家在吸纳西班牙文学主题的同时，也不断探索适应中国当下文学语境的创作方式。他们尝试将西班牙文学中的浪漫主义、现实主义以及魔幻现实主义等写作手法与中国传统文化元素相结合，形成了一种独特的叙事风格和表达方式。通过这种方式，西班牙文学主题得以在中国当代文学中被重新诠释，并展现出了更加多样化和丰富的艺术面貌。当下的转化发展，呈现出一种跨文化交流和融合的状态。西班牙文学主题在中国当代文学中的转化并非简单地复制或模仿，而是通过与中国文化的对话和交流，赋予了其独特的中国文化特色。中国作家通过对西班牙文学的借鉴和诠释，以自身的文化背景和经验来补充和拓展西班牙文学中的空白和不足之处。这种跨文化的转化使得西班牙文学主题在中国当代文学中呈现出更加丰富和多元的面貌，增添了文学作品的独特魅力和深度。

第四节 西班牙语美洲文学在中国

一、西班牙语拉美文学在中国的发展

1921年2月，茅盾在《小说月报》上发表了一篇名为《巴西文学家的一本小说》的文章。同年11月，拉丁美洲文学中最早被翻译成中文的作品，即鲁文·达里奥的名作《女王玛勃的面绸》发表了。与此同时，其他的拉丁美洲作家的作品也陆陆续续进入中国文学界。

在《被损害民族的文学》的引言中，茅盾将拉丁美洲文学视为一种"被损害民族的文学"。他指出，尽管拉丁美洲文学使用了与其宗主国（西班牙和葡萄牙）相同的语言文字，但却与欧洲宗主国的文学有所不同，从而强调了拉丁美洲文学的自主性。在郑振铎、傅东华主编的《文学》杂志的《弱小民族专号》中，编者认为虽然拉丁美洲国家已经脱离欧洲宗主国成为独立的国家，但在政治和经济上仍受到英美帝国主义的控制和剥削，因此，该专号介绍了秘鲁、巴西、阿根廷等"弱小民族"在文学方面的情况和作品。考虑到"近年来拉丁美洲诸国的反帝民族解放运动也有很大的发展"，编者特意选择了三篇反映这种现实的拉丁美洲小说。这些观点体现了他们翻译拉丁美洲文学的初衷，并不仅仅是为了推动中国文学的发展。译者既不是被拉丁美洲文学的辉煌成就所吸引，也不是为了从中吸收能够影响中国文学创作的艺术经验，而是将这些文学作品作为拉丁美洲历史和社会现实的真实呈现引入中国。译者更希望读者关注的不只是故事情节、叙事技巧和语言风格，而是作品中展现的反对殖民主义和压迫的斗争，以及人民坚韧不拔的抗争精神。这些文学作品不仅唤起了他们对被迫害的弱小民族的同情和支持，同时也投射了他们对本民族的自我想象。同样拥有古老的文明、富饶的土地、勤劳的人民，但同样遭受侵略与掠夺，于是拉美的历史与现实同中国本土的历史与现实构成了某种镜像关系。[1]可以说，在那个时期，虽然中国开始接触拉丁美洲文学，但它并没有成为中国现代文学的资源，而只是某种相似又有所不同的参考。这一观点深刻影响了20世纪50年代至70年代中国对拉丁美洲文学的选择、翻译和接受。

中华人民共和国成立后，拉丁美洲文学终于以整体形象进入中国文学的视野。由于国家创办了西班牙语专业并培养出专业的西班牙语人才，因此越来越多的拉丁美洲文学作品直接从西班牙文翻译过来。20世纪50年代至70年代，本土的杂志开始推出拉丁美洲文学专辑，同时出版了许多关于拉丁美洲文学的丛书和文学史，逐步奠定了本土的拉丁美洲文学经典序列。

1959年，古巴文学成为当时拉丁美洲几乎唯一的代表。当中国宣布支持古巴及其他拉丁美洲国家反对美国的斗争时，文学期刊常常会推出专门介绍拉丁美洲文学的专辑。在1959—1964年期间，中国翻译、发表和出版了大量古巴及其他拉丁美洲国家的文学作品，即使是转译作品也都得到了发表。拉丁美洲文学在中国的汉译掀起了第一个高潮，并成为当时外国文学翻译中引人注目的领域。与此同时，翻译出版的速度也非常快。比如1960年，聂鲁达在拉丁美洲出版了歌颂古巴革命的诗集《英雄事业的赞歌》，中译本就在1961年由作家出版社推出。1962年，一本以古巴人民在吉隆滩击退侵略者的故事为主题的小说获得了古巴"美洲之家"文学奖，其中译本在1963年就在中国出版。这个阶段翻译的大多数作品都过于倾向时事，因此文学性较

---

[1]范轶伦. 从"第三世界科幻"到"科幻第三世界"：中国科幻的拉美想象与拉美启示[J]. 中国现代文学研究丛刊，2021（08）：19-38.

弱。诗人纪廉在古巴革命胜利后的一年里，经常在《今日报》上发表诗歌，其中许多作品都被翻译成中文发表。1960年，《世界文学》发表的翻译作品中，有超过40%是翻译自《今日报》和古巴土改委刊物《印拉》中的作品。1960—1962年期间，上海文艺出版社连续出版三册拉丁美洲诗集——《我们的怒吼》《要古巴，不要恶霸》《我们必胜》，选译了来自拉丁美洲22个国家的162首赞美古巴的诗歌或反对帝国主义、殖民主义的诗歌，这些诗歌基本上都是从报纸和杂志上翻译而来的。这些作品都具有强烈而直接的政治诉求，有些是为了配合政治宣传而创作的。因此，当时的拉丁美洲文学翻译虽然被称为"文学翻译"，但实际上文学性往往被忽视。这一点在译者和出版者方面都是非常明确的。人民文学出版社在《拉丁美洲文学丛书》的广告中明确指出，编辑这套丛书的目的是"让读者了解拉丁美洲各国的文学作品以及他们的生活和斗争情况"，而不是强调文学性。

在那个时期，中国文学界主要介绍的是拉丁美洲的左翼作家，但中苏分歧导致了拉丁美洲左翼作品的中断。因此，左翼作家被划分为不同的阵营，只有亲华派的作家的作品被继续翻译和介绍，其他作家的作品就不会出现在中国读者的视野中。从1965年开始，拉丁美洲文学的汉译工作几乎中断。从1971年开始，国家文艺政策进行了一些调整，外国文学作品逐渐恢复翻译和出版。1974年的内部发行物《点燃朝霞的人们》和1976年3月公开发行的《青铜的种族》是最先出版的作品。1978年，吴健恒应人民文学出版社编辑王央乐的委托，翻译了托雷斯-里奥塞科撰写的教材《拉丁美洲文学简史》，出版后，产生了巨大反响。中国对拉丁美洲文学的认识曾经受到苏联的直接影响，对拉丁美洲作家的评价和选择标准很大程度上参照了苏联的文学界。

中国在20世纪70年代中后期出版了大量涉及拉丁美洲历史和政治的翻译著作。相比于此前几十年在拉丁美洲文学翻译方面的沉寂，中国出版界在这一时期呈现了活跃的状态。这些翻译著作多数由复旦大学拉丁美洲研究室完成，并由上海人民出版社出版。复旦大学拉丁美洲研究室是1964年经过批准成立的，由教育部直接拨款（包括外汇）来进行外文报刊订阅和外文专著购买。研究室开始编译出版了《卡斯特罗与古巴》《古巴革命战争回忆录》《格瓦拉传》，以及一系列有关拉丁美洲国别史等内部参考书籍。此外，复旦大学出版社还出版了近20期的《拉丁美洲问题译丛》和《拉丁美洲问题资料》。尽管研究室的年轻学者曾到北京学习西班牙语，但他们在70年代出版的所有内参书几乎都是从英文原著翻译而来的。这些书籍中多数是由冷战格局中的右翼学者所著。因此，每本书前都会有一篇"出版说明"，旨在引导读者辨别其中可能与当时国家意识形态不一致的言论。通过推测，这批图书被翻译出版的目的有两个方面：一是因为中国和拉丁美洲在70年代开始建交，这促进了对拉丁美洲文学作品的翻译工作；二是为了批判前政权，翻译了许多揭露前政权在拉丁美洲渗透自己势力的著作。然而，这批内参书籍却成为后来中国读者了解和研究拉丁美洲的重要参考资料。

在这个时期，直接翻译自西班牙语的作品数量超过了一半，但转译的现象仍然很普遍。这是由于当时西班牙语专业的建立时间还很短。在30年间，被介绍最多的拉丁美洲作家作品是聂鲁达、马蒂、亚马多、纪廉等人的作品。无论是诗歌、小说、戏剧、游记、童话还是民间传说，都有大量反帝反殖主题的作品，并且当代现实主义作品占据了主流地位。因此，在那个时候，拉丁美洲文学在中国被视为具有本土视角的文学。1959年是30年里翻译拉丁美洲文学作品最多的一年，这很可能与那一年古巴革命获得胜利有关。然而，与同时期的苏联文学和英美文学的汉译相比，拉丁美洲文学在中国仍然是一种小众文学，其在翻译文学领域的地位并没有因其政治意义的突出而得到彻底改变。

与前30年相比，20世纪80年代的拉丁美洲文学译介取得了巨大增长。约有130种拉丁美洲文学作品在这个时期发表和出版。其中《女奴》是印数最多的作品之一，《女奴》是巴西作家贝尔纳多·吉马朗斯创作的小说。仅在一个月内，就印刷了两个版本，共计422 600册。此外，还有其他作品的印量超过了50 000册。外国文学杂志上，加西亚·马尔克斯、博尔赫斯和巴尔加斯·略萨的作品被介绍得最多。此外，在20世纪80年代出版的一些重要外国文学丛书中，也包括了拉丁美洲文学作品。比如人民文学出版社的《外国文学名著丛书》《外国文学小丛书》，外国文学出版社的《20世纪外国文学丛书》《当代外国文学丛书》等。此外，还有两种含拉丁美洲文学在内的西班牙语文学丛书在20世纪80年代出版，它们分别是北方文艺出版社的《西班牙葡萄牙语文学丛书》和黑龙江人民出版社的《西班牙葡萄牙语文学丛书》。自1987年起，云南人民出版社与中国西班牙、葡萄牙、拉丁美洲文学研究会合作，陆续推出规模最大的一套拉丁美洲文学专题丛书——"拉丁美洲文学丛书"。

拉丁美洲小说的大家名著几乎都有了中译本，加西亚·马尔克斯、巴尔加斯·略萨和鲁尔福当时已经发表的几乎全部作品都被译介，亚马多、何塞·多诺索等人的大部分作品都被译成了中文，《百年孤独》《绿房子》《加布里埃拉》都有不止一个中译本。[①]在拉丁美洲文学翻译作品带来的巨大社会效应和市场利益的推动下，许多出版社都自愿与中国西班牙、葡萄牙、拉丁美洲文学研究会保持着良好的合作关系。上海译文出版社（1983年）、云南人民出版社（1986年），以及浙江文艺出版社（1988年）曾给予研究会的年会及专题研讨会支持。在"拉丁美洲文学热"的直接影响下，中国西班牙、葡萄牙、拉丁美洲文学研究会与云南人民出版社于1987年4月25日签署了为期五年的"拉丁美洲文学丛书"出版协议，从而使云南人民出版社逐渐成为出版拉丁美洲文学作品的专业机构。然而，由于该丛书主体基本是在20世纪90年代陆续出版的，因此对该丛书的讨论将放到后面。

20世纪80年代，中国拉丁美洲文学研究开始呈现学科化和机构化的趋势。具体表现为：于1979年成立了中国西班牙、葡萄牙、拉丁美洲文学研究会；在大学中增设了拉丁美洲文学专题和拉丁美洲文学史等课程，其中一些西班牙语专业更将其列为必修课；此外，不少研究者致力于撰写有关拉丁美洲文学的学位论文；还出版了一系列有关拉丁美洲文学研究的论文集；定期举办拉丁美洲文学专题学术研讨会等。随着对外政策的调整，中国将主要精力投入到经济建设上。越来越多的拉丁美洲国家与中国建立了外交关系，并展开了双边经贸往来。这使得西班牙语文学研究者前往拉丁美洲的渠道日益畅通，从而促进了20世纪80年代拉丁美洲文学的译介工作，使其在某种程度上能够与当地的创作和研究同步发展。

20世纪80年代，拉丁美洲文学转译现象逐渐减少。这归因于两个主要原因：一是由于西班牙语专业已经有近30年的培养历史，因此那个时期，西班牙语翻译人才相对充足，能够满足对拉丁美洲文学的翻译需求；二是在20世纪80年代，文学成了一种重要的社会批判和启蒙力量，在社会中占据着中心

---

① 钟文."寻根文学"的政治无意识[J].天涯，2009(01)：11.

地位，作家和翻译家被视为"社会精英"并备受尊重。这种社会氛围激励了许多人在业余时间从事文学翻译。当时，除了少数专业研究者外，大部分拉丁美洲文学作品是由大学西班牙语专业的学生、教师以及编译局、外交部、新华社等单位的西班牙语译员在业余时间进行翻译的。这些译员中不乏驻拉丁美洲国家外交使节和上述机构的高级官员。尽管当时稿酬中规中矩，但由于发表和出版渠道相对畅通，而且翻译作品很容易在社会上产生影响，因此许多人甚至将文学翻译视为自己真正的事业。同样，大学里的西班牙语教师也开始更倾向于将文学研究作为他们职业的一部分，而不仅仅是单纯的语言教学。

20世纪90年代，拉丁美洲文学回落到了"小语种"文学的角落。根据《全国总书目》的统计数据，1990—1999年期间，一共出版了大约100种翻译自拉丁美洲文学的作品，其中有近三分之二出自云南人民出版社，且均来自1987年开始出版的《拉丁美洲文学丛书》系列。然而，与20世纪80年代相比，这些作品中的大多数并没有受到读者的追捧，反而是在仓库里积满了灰尘。1990年，当诺贝尔文学奖再次授予墨西哥诗人帕斯，使其成为拉丁美洲第五位获得诺贝尔奖的作家时，他的获奖作品《太阳石》很快被赵振江翻译成中文。随后，在1991年《世界文学杂志》第3期上便推出了帕斯的作品集。但是，遗憾的是帕斯没有像加西亚·马尔克斯那样在中国掀起拉丁美洲文学的热潮。由于中国从未取得加西亚·马尔克斯作品的翻译出版权，在中国加入国际版权公约后，出版他的作品受到了限制，这使得加西亚·马尔克斯在中国也难以维持80年代的人气。另外一位以"结构现实主义"而闻名的拉丁美洲文学大师巴尔加斯·略萨，虽然在20世纪90年代末开始在国内推出其作品全集，但反响平淡。而阿根廷作家博尔赫斯，在20世纪80年代的"拉丁美洲文学热"中显得有些落寞，却成为90年代的"文化英雄"之一，被誉为后现代文学大师备受推崇。博尔赫斯曾被视为"欧洲作家"，但在20世纪90年代的中国拉丁美洲文学汉译中却独领风骚，这说明整体的拉丁美洲文学未能延续80年代的热度，也未能继续吸引文化界的广泛关注。

二、马丁·菲耶罗在中国

马丁·菲耶罗是阿根廷文学的瑰宝，幻想文学大师博尔赫斯曾以"马丁·菲耶罗"为自己创办的杂志名，并为其撰写了《马丁·菲耶罗札记》。谈到这部史诗时，他曾表达过对它的重视和赞赏："在欧洲和美洲的一些文学聚会上，常有人询问我关于阿根廷文学的情况。不得不说，阿根廷文学（虽然有人可能并不认可）确实存在，至少有一本书，那就是《马丁·菲耶罗》。"①可以看出他对这部高乔文学作品的重要性和评价。

想要了解高乔诗歌，首先需要了解高乔人。高乔人是居住在潘帕斯草原上的牧民，这片土地在西班牙人到来之前居住着潘帕族印第安人。关于高乔人何时在草原上出现并没有确切的历史记载，但他们被认为是印欧混血种族。这些"浪子"和"孤儿"组成了一种新的社会形态，在半原始的游牧生活中，勇敢、豪放、狂傲、鲁莽、不羁且善于应对各种变故成为他们典型的特点。高乔人在广袤的原野上自由驰骋，过着无拘无束、自由自在的生活。为了抵御孤寂和寂寞，除了骏马、法贡和套锁等工具，他们最亲密的伴侣就是六弦琴。几乎每个高乔人都是歌手，不会弹吉他被视为丢脸的事情。其中最杰出的歌手被称为行吟诗人——巴雅多尔。他们的演唱有两种形式：一种是伴随着当时流行的民间舞蹈，比如"西埃利托""维达利塔"和"特里斯特"一起演唱；另一种是对唱。无论是前者还是后者，都没有固定的歌词，而是根据所见景物即兴演唱。高乔人性格粗犷，过着不受拘束的游牧生活，在整个潘帕斯草原上漂泊。在拉丁美洲争取政治自由的过程中，文学上的美洲主义也开始萌芽。作家不仅描绘了美洲的自然环境和社会生活，还开始探寻具有民族风格的艺术形式。当然，这是一个漫长的历史过程。在拉丁美洲，这种执着的追求一直延续至今。在民族文学的发展方面，拉普拉塔河地区的高乔诗歌取得了卓越的成就。高乔诗歌的繁荣和发展与新古典主义和浪漫主义文学同时进行。它既具有前者注重文学社会功能的特点，又体现了后者勇于突破传统、创新的精神。

在高乔诗歌中，真正达到了史诗水平的便是《马丁·菲耶罗》。可以说，《马丁·菲耶罗》是阿根廷的"国粹"，也是高乔人的"骄傲"。西班牙著名文学家米格尔·乌纳穆诺经常在萨拉曼卡大学的课堂上将《马丁·菲耶罗》与《伊利亚特》《奥德赛》一起向学生朗诵。据不完全统计，该诗作已被翻

---

① （阿根廷）世界英雄史诗译丛：马丁·菲耶罗 [M]．南京：译林出版社，2022：46-47.

译成30余种语言。尽管何塞·埃尔南德斯除了写作还担任许多社会公职，但是在人们心中，《马丁·菲耶罗》才被视为其一生的巅峰之作。《马丁·菲耶罗》在结构上是严谨有序的，虽然上下两部相隔八年出版，但读起来却能感受到它们的整体性。在上下两部的开始部分，都有类似的抒情章节和政治隐喻。同时，主人公也都经历了突破某种社会束缚的过程：被追捕，在印第安部落中遭受折磨；前后都有与亲朋相逢或团聚，在重逢后都要分享各自的经历。在整个诗中，叙事、描写和对话这三种完全不同的形式被巧妙地融合在一起，而诗人本人则担任解说的角色。《马丁·菲耶罗》的语言，就像它的诗体一样，具有独特的特色。高乔诗歌要求描写乡村的题材和环境，同时要用高乔人自己的语言表达。这种所谓的高乔人语言构成于古语、重音的转移、语音的改变以及成语的运用等多种因素，并在史诗中得到了充分展现。特别是形象的比喻和成语的应用，在表现史诗的主题思想方面起到至关重要的作用，使之具有强大的生命力，并成为阿根廷文化传统的组成部分。

《马丁·菲耶罗》像历史进程中的一块巨大碑石般屹立不倒，鼓舞着人们为捍卫理想和自由而奋斗。在讨论《马丁·菲耶罗》在文学史上的地位时，有人将它与《堂吉诃德》进行了比较。虽然这种比较有些牵强，但也不无道理：如果说《堂吉诃德》代表了一种文学形式——骑士小说的巅峰，并结束了这个时代，那么《马丁·菲耶罗》则代表了另一种文学形式——高乔诗歌的巅峰，同时也宣告了这一时代的结束。

自《马丁·菲耶罗》问世以来，它一直深受阿根廷人民的喜爱，出版次数已经难以计数。据说，在偏僻的乡村小店里，除了卖生活必需品外，还会添置几本《马丁·菲耶罗》，这充分展示了它的平易近人和社会价值，也是对一部文学作品最高的赞美。在阿根廷，《马丁·菲耶罗》广为人知，甚至小孩子在打架之前都会背诵几句《马丁·菲耶罗》的诗句。《马丁·菲耶罗》展现了高乔诗歌的巅峰，宣告了一个时代的结束。这种文学形式的独特性和艺术性使得它在我国受到广泛赞赏。作品中充满了诗意的语言和鲜明的形象，给人以强烈的触动和启迪，促使了我国文坛对高乔诗歌创作的关注和探索。《马丁·菲耶罗》融入了丰富的阿根廷文化元素。它不仅让我国读者了解了阿根廷的历史、风土人情，还展现了人类共同的理想和追求。这种跨文化交流和接触，拓宽了我们的文化视野，促进了中阿两国之间的文化交流与合作。

《马丁·菲耶罗》也在我国社会产生了深远而广泛的影响。它鼓舞着人们为捍卫理想和自由而奋斗，呼吁人们不畏艰险、追求真理。作品中诙谐幽默的描绘和深刻的思想内涵，引发了读者对现实社会的反思和思考，激发了对美好生活的向往和追求。

总之，《马丁·菲耶罗》在我国传播的文化影响价值体现在它对高乔诗歌的推动与发展、跨文化交流的促进及社会精神的塑造等方面。通过这部作品的传播，我们不仅能够领略到阿根廷文化的魅力，也能够汲取其中蕴含的智慧和启示。

三、聂鲁达的诗歌在中国

巴勃罗·聂鲁达（1904—1973年），原名内夫塔利·里卡多·雷耶斯·巴索阿尔托，生于智利中部的帕拉尔城，是智利伟大的民族诗人。他继鲁文·达里奥之后成为拉丁美洲诗坛上璀璨的明星。1971年，因其诗歌通过表达大自然的力量，唤醒了整个大陆的命运和梦想，而荣获诺贝尔文学奖。然而，1973年9月11日，聂鲁达的战友、智利民选总统阿连德丧生于职务。仅仅12天后的9月23日，他也因悲愤过度，随着挚友之后离世。

聂鲁达的作品《让那伐木者醒来》是中国最早出版的聂鲁达作品，袁水拍从英文转译并由上海新群出版社在1950年出版。该书是"新群诗丛"系列之一，第二次印刷是在1951年。后来，人民文学出版社将其收入《文学小丛书》（第二辑）再版，并在半年后进行了第二次印刷。1951年，聂鲁达访问中国，引发中国翻译介绍他作品的热潮。聂鲁达是第一位来华访问的拉丁美洲诗人，他是智利共产党的领导成员之一。当时，共产党员文艺家的作品不仅在思想倾向上得到认可，艺术成就也常常受到高度评价。在当时，关于聂鲁达的介绍基本上强调了他被视为"拉丁美洲的良心""斗士""和平战士""人民诗人"等方面的形象。在1950年2月1日出版的《翻译月刊》上，有一篇早期刊登的关于聂鲁达生平和创作的文章。在这篇文章中，爱伦堡认为，聂鲁达之所以成为拉丁美洲诗歌艺术的代表，是因为他的诗歌既承袭了卡斯蒂利亚诗歌和智利民歌的伟大传统，又吸收了欧洲象征主义的技巧与精神遗产，并同时具备惠特曼和马雅可夫斯基的特点。爱伦堡认为，在拉丁美洲的"现代主义"迷茫时期，聂鲁达恰好脱颖而出，其清新质朴的诗风、新鲜的想象力深深感染了所有人。在谈到聂鲁达热爱马雅可夫斯基的原因时，爱伦堡认为，让年轻的聂鲁达感动的并不是马雅可夫斯基在社会主义建设时期的诗歌，而是他早期的作品。这些作品之所以让他感动，是因为它们明朗、富有创造力，具有雷鸣般的音调，表达了敏感和激愤的诗歌力量。即使是在评论聂鲁达的政治抒情诗，如《西班牙在我心中》《献给斯大林格勒的情歌》时，爱伦堡也注重其在诗歌语言和诗歌艺术方面的贡献，强调其中蕴含的人道主义精神和悲剧力量。当然，爱伦堡与聂鲁达成为挚友，并非仅出于诗歌艺术上的原因。他们在对人民、自由以及反抗斗争等方面有着共同的立场。只是不同之处在于，爱伦堡将这种立场放在对人类命运的关切中来叙述。尽管爱伦堡的这篇论文在今天仍被视为研究聂鲁达的重要文献，但是在20世纪50年代，他的观点和批评方式与当时的中国主流评论存在很大差异，也没有足够通俗易懂，不容易被更多人理解，尤其是那些对外国诗歌历史脉络不熟悉的人。

特托尔鲍姆与库契希奇科娃的介绍则更加突出了时代和意识形态的痕迹，相比之下，特托尔鲍姆不仅是一位作家，还与聂鲁达有着非同寻常的联系。在聂鲁达去世后，他撰写了《聂鲁达》一书，被认为是聂鲁达传记中最具权威性的著作之一。他于1952年来到中国参加亚太和平会议，并受《新观察》杂志邀请，撰写了一篇名为《聂鲁达的战斗道路》的文章。在这篇文章中，特托尔鲍姆提到，从出身上看，聂鲁达属于人民。特托尔鲍姆认为，聂鲁达从一个反抗者向革命者的转变是由于西班牙内战和帝国主义的扩张所促成的。聂鲁达的诗歌是他为人民呼喊的一种武器，他是智利人民最敬爱的诗人，被誉为"人民的诗人、热情的神父、和平使者，歌颂智利、中国以及其他人民解放国家的伟大歌手"。他引导拉丁美洲的知识分子找到了他们真正的道路，因此在这方面，他的贡献超过了拉丁美洲的任何其他作家。库契希奇科娃在1949年5月前发表的《巴勃罗·聂鲁达的生活道路》一文被认为是除了爱伦堡的文章外，最全面地介绍了聂鲁达的生平和创作。这篇文章将聂鲁达的文学创作与政治生活相对应，强调他的斗争性和人民性，突出他对殖民主义和美帝国主义的反对，并强调他是苏联的朋友，后来国内的文章基本延续了这个思路。

20世纪50年代，中国的报刊多次集中介绍聂鲁达，内容涉及他获得"加强国际和平斯大林金质奖章"以及萧三、艾青赴智利为他庆贺寿辰等事件。

此外，《新观察》杂志还报道了中国艺术代表团访问智利、聂鲁达与若热·亚马多再次访华等活动。为了迎接聂鲁达再次来华，作家出版社在1957年还翻译出版了库契希奇科娃与施契因合著的《巴勃罗·聂鲁达传》。同年2月，《译文》杂志发表了陈用仪从智利《黎明》杂志翻译的《谈谈我的诗和生活》，该文是聂鲁达1954年在智利大学的演讲稿。聂鲁达在文中表示，他的诗歌希望通过全部的力量和热情，促使不同国家和民族之间能够和平共处，分享彼此的智慧，互相尊重和爱护。

20世纪50年代至70年代，在作品的翻译方面，以袁水拍、邹绛、王央乐、孙玮和陈用仪为代表的中译者扮演了重要的角色。袁水拍和王央乐主要从英文进行转译，邹绛擅长从英文或俄文进行转译，孙玮主要从俄文进行转译，而陈用仪则是唯一一位直接将作品从西班牙文翻译成中译者。其中，袁水拍是最早翻译聂鲁达作品的中文译者之一。他于1950年1月出版了翻译作品《让那伐木者醒来》，这是聂鲁达诗歌的第一个中文译本。为了欢迎聂鲁达来华访问，袁水拍在1951年选译并出版了《聂鲁达诗文集》。该书由郭沫若题写书名，并由捷克斯洛伐克驻华大使、著名作家魏斯柯普夫撰写序言。此外，书中还附有聂鲁达的照片，以及万徒勒里与其他拉丁美洲艺术家绘制的插图。

1951—1954年期间，《聂鲁达诗文集》共进行了四次印刷。基本上，袁水拍翻译的大部分作品都是聂鲁达的政治诗。这些诗大多数是从《群众与主流》杂志上刊登的英文作品转译而来的。比如《逃亡者》《葡萄园和风》《英雄事业的赞歌》《西班牙在我心中》等的一些章节，《逃亡者》描绘了聂鲁达在政治迫害下的逃亡生活。在所有这些作品中，对中国影响最深远的应当是《让那伐木者醒来》。聂鲁达可以说是反现实主义的。有一次他在文章中批评了社会主义现实主义，但这些批评在文章发表时被编辑擅自删去，对此他非常愤怒。他并不是一个形式主义者，他反对纯粹的技巧和华丽的修饰，也反对过度的感情主义和个人主义。因此，他主张诗歌应该有实质内容，但他也坚持这种表达方式绝对不是平淡无味、毫无诗意的公式化表达。当然，他的这些言论在中国20世纪五六十年代并没有被引入。在翻译聂鲁达的文学观点时，译者通常会选择强调他为人民写作，强调以诗为斗争武器的篇章。

在文学高度政治化的时代里，聂鲁达的政治身份和诗人身份同样重要，甚至可以说更为重要。由于翻译的"归化"策略，聂鲁达与中国"当代文学"

一致的方面被译介，而异质性的则不予引入。在翻译聂鲁达和其他20世纪西班牙现代派诗人作品时，存在一种"归化"策略，即翻译者更倾向于选择与中国当代文学相符合的作品进行翻译，剔除了其中的晦涩、绝望、冷漠和超现实等异质性的内容。这一策略导致翻译作品中剩下的部分要么是欢快明了的；要么是斗志昂扬的；又或者是义愤填膺的，而原本诗歌中的其他面貌被遮蔽了。这种翻译策略在1950—1990年的中国文学界普遍存在，不仅体现在聂鲁达作品的译介上，在艾吕雅等其他现代派诗人身上也有类似情况。比如《译文》第一次翻译的《艾吕雅诗选》中，只选择了他的政治诗和政治性演讲作品，对他其他形式和内容的诗歌作品进行了忽略。此外，配有墨西哥人民木刻家利奥波多·孟德斯的木刻以及雅洪托娃的论文《保罗·艾吕雅》，也为读者创造了一种艾吕雅是一个政治诗人、党员的印象。然而，这种选择性翻译带来了一定的问题和失真。因为通过这样的翻译方式，读者无法完全了解聂鲁达和艾吕雅等诗人的全貌和多样性。读者只能接触到这些诗人作品中积极向上、具有政治倾向的方面，无法全面理解他们作品的深意和广度。需要反思的是，翻译的目的应该是尽可能准确地再现原作的风格、意境和主题，而不仅仅是为了追求与当代中国文学相契合。虽然这样的选择可能符合当时中国文化环境和政治需要，但从文学翻译的角度来看，应该尊重原作的复杂性和异质性，并努力传达其真实的形象和意义。

20世纪80年代，聂鲁达的作品重新回到中国读者的视野中，其爱情诗在翻译出版中占据了重要地位。在各种聂鲁达诗选中，情诗数量明显多于政治诗，并开始引起关注。同时，他的现代派风格的诗歌也备受关注。《二十首情诗和一支绝望的歌》《大地上的居所》《船长的歌》《爱情十四行诗一百首》等许多以前未被翻译过的作品陆续被译成中文。不过，一些描写性、死亡等内容的诗篇还是因为被认为"不健康"而被有意舍弃，甚至一些批评家还认为，聂鲁达晚年失去了创作力，养尊处优、内心空虚、脱离现实并疏远人民。因此，他后来创作的作品在中国仍然相对较少被人知晓。

1996年，由于一部获得奥斯卡提名的电影《邮差》，聂鲁达再次回到中国读者的视野中。这部电影描述了聂鲁达流亡时期在意大利卡普里岛的生活，他教岛上的邮差写情诗并帮助他追求爱情。随着这部电影的上映，聂鲁达的情诗成为翻译出版的热点，尤其是《二十首情诗和一支绝望的歌》引起了广泛关注。聂鲁达作为诗人,在中国的影响力广泛而深远。他的作品通过被翻译出版和相关电影的传播,使中国读者重新认识到他的诗歌并对其产生兴趣。

作为聂鲁达及其作品的译介者,赵振江担负着向世界传递聂鲁达思想和文化的重大责任。通过参观聂鲁达的三所故居,他深入了解了这位伟大诗人的生活、思想和创作背景。这些故居参观之旅不仅让他对聂鲁达的作品有更深入的理解,也受到了当地人的热情接待和欢迎。这种体验让他深刻感受到文化之间的相互尊重和交流的重要性。在2011年10月12—17日期间,赵振江受邀访问阿根廷,参加了阿根廷作家协会组织的活动。作为《马丁·菲耶罗》的译者,他在该协会举办的关于文学翻译的讲座中分享了他将西班牙语美洲文学介绍给中国的经验和心得。这次讲座吸引了60多位来自不同领域的作家、诗人和学者前来聆听。这个机会让赵振江能够与其他文学界的精英交流,进一步加深了他对文学翻译的认识。赵振江的南美之行也为中外文学界的交流搭建了桥梁。他的访问促成了中国著名彝族诗人、青海湖国际诗歌节组委会主席吉狄马加率领的青海省文化代表团对秘鲁、古巴、西班牙和阿根廷的访问。吉狄马加作为中国文化的代表,向当地的文学界介绍了中国的文学成就和彝族的文化特色。这次访问不仅增进了中外文学界之间的了解,还为两国在文化领域的合作奠定了坚实的基础。通过这些经历,赵振江深刻体会到文学和文化交流的重要性及其对个人的成长发展所带来的积极影响。他通过翻译聂鲁达和《马丁·菲耶罗》等作品,将中国读者与拉美文学紧密联系在一起,促进了两个文化圈之间的相互了解和欣赏。同时,他的南美之行也让他与其他文学界的人士进行了广泛的交流与合作。

四、赛萨尔·巴列霍在中国

塞萨尔·巴列霍的诗歌创作在整个西班牙语先锋派诗歌中具有重要的地位和标志性意义,是当代西班牙语诗坛上最伟大的诗人之一。他生于1892年,出生在秘鲁北部安第斯山区的圣地亚哥·德·丘科镇。他的祖父和外祖父都是西班牙籍牧师,但在他母系亲属中有印第安人血统。他是家中12个兄弟姐妹中最小的一个,尽管家境并不富裕,但他的父亲曾担任过镇长,所以他的童年并没有物质上的担忧。然而,要让他上大学却并非易事。在1910年和1911年，他曾分别入读特鲁希略大学和利马的圣马可大学，但由于经济困难而辍学。直到1913年，他进入了特鲁希略大学文学哲学系，并在两年后同时注册了法学系。从那时起，他一直兼职工作和学习，主要在小学担任教职。而秘鲁著名的土著小说作家西罗·阿莱格里亚曾经是他的学生。1917年底，巴列霍来到利马，并在圣马可大学的文学系学习。他感受到了都市的残酷现实，但他也很快结识了许多优秀的导师和朋友，其中包括具有民族气节和正义感的贡萨雷斯·普拉达、埃古伦、马里亚特吉等人。那一年，他完成了他的第一部诗集《黑色使者》，并于1918年7月出版，收获好评。

1920年5月，巴列霍回乡探亲，却因为参加圣地亚哥纪念庆典时的行动而被通缉，最终被捕入狱。然而，在知识界和大学生强大的压力下，他得到了暂时的释放。这段经历对他的一生产生了深远的影响，并经常在他的创作中折射出来。巴列霍通过创作不断探索和表达自己内心的情感和思想。1922年，他完成了《特里尔塞》的创作，成为拉丁美洲先锋派诗歌的里程碑。①

1923年，他前往法国，并就此后长期居住在欧洲。巴列霍在巴黎的经济状况不好，并且要与疾病作斗争。这个时期对他来说无疑是一个巨大的考验，但他没有放弃，而是选择与胡安·拉雷塔共同创办《繁荣·巴黎·诗歌》杂志。

1928年和1929年，他两次访问苏联。在巴黎，巴列霍广泛结交了拉丁美洲进步的知识分子，并于1931年在西班牙加入共产党。西班牙内战期间，他创作了《西班牙，我饮不下这杯苦酒》等作品。而《人类的诗篇》以及他在1923年之后创作的其他所有诗歌，则是在他去世后才被出版发表的。巴列霍的诗歌创作一直以人生、历史、家庭和故乡为题材。尽管他的语言风格不断演变，但始终以令人心碎的音调表达人间的痛苦。

在中国文学界，巴列霍的诗作虽然迟迟无人翻译，但人们对他的期许却经久不衰。特别是自20世纪80年代以来，诗歌界一直盼望着有人能直接从西班牙文译介他的诗作。巴列霍的诗作之所以引起人们的期许，是因为其独特而深刻的艺术风格与内涵。他的诗作充满了对生命、人性、社会等问题的思考与探索，以及对人类情感的抒发。这些作品既能触动读者的心灵，又能引发读者对现实世界的思考。正是因为这样的独特魅力，才让人们渴望能够直

---

① （秘鲁）巴列霍.人类的诗篇：巴列霍诗选 [M].赵振江，译.北京：作家出版社，2014:53-54.

接领略巴列霍的原作，而非仅仅通过翻译来获得信息。作为文学创作的桥梁和使者，翻译的质量直接影响着作品在不同文化间的传播和接受程度。对于巴列霍这样的作品，准确而又贴近原作的翻译尤为重要。通过翻译，读者能够更全面地了解并感受到作者的创作意图与情感，从而获得更丰富的阅读体验。王央乐先生是最早翻译巴列霍诗歌的人之一。他的贡献使得中国读者得以接触到西班牙语美洲文学的精华，尤其是巴列霍的诗作。翻译家王央乐不仅通过翻译将巴列霍的作品带给中国读者，更在国内外的专刊上发表了相关文章。这种跨文化的交流使得中国诗歌界能够与西班牙语美洲文学取得联系，拓宽了中国诗歌的视野，推动了中国诗歌的发展。《当代国际诗坛》这本专刊的出版也对诗歌翻译和介绍起到了积极的促进作用。这本专刊是国内首个大型的专门介绍外国当代诗歌的刊物，其中对巴列霍的诗歌进行了专门的介绍和推广。这表明中国翻译界和文学界对巴列霍的重视，并为他的作品提供了更广泛的传播平台。

五、拉丁美洲文学在中国

20世纪80年代，国内开始出现了一股不大不小的"拉丁美洲文学热"。这个时期，许多高校纷纷开设了拉丁美洲文学史的课程，出版社竞相推出了拉丁美洲的文学作品，文学报刊也争相发表关于拉丁美洲文学的翻译与评论。这一时期，解放军艺术学院中文系专门邀请北京大学和社科院外文所的西班牙语学者举办了关于拉丁美洲文学的讲座，并参加学生的研讨。通过这样的学术交流活动，中国知识界对拉丁美洲文学有了更深入的了解，同时也为学生提供了接触和学习拉丁美洲文学的机会。由于这些讲座和研讨的成功举办，进一步推动了中国文学界对拉丁美洲文学的研究和传播。此外，位于王府井大街的国际艺苑皇冠假日饭店在试运营期间，举办了关于拉丁美洲文学的系列讲座，并放映了根据加西亚·马尔克斯小说改编的影片。这些讲座和影片播放活动吸引了许多著名作家，如王蒙、林斤澜、韩少功等的出席。这些文艺沙龙为中外学者和作家提供了一个交流的平台，也进一步推动了中国文学界对拉丁美洲文学的研究和借鉴。

正是在这样的背景下，云南人民出版社异军突起，成为众多出版拉丁美洲文学作品的重要力量。这得益于他们与中国西班牙、葡萄牙、拉丁美洲文学研究会的合作，共同出版了一套"拉丁美洲文学丛书"。这套丛书的出版不仅丰富了国内读者对拉丁美洲文学的了解，也为拉丁美洲文学在中国的传播做出了重要贡献。云南人民出版社的合作模式，为其他出版社提供了借鉴和学习的范例，进一步促进了拉丁美洲文学在中国的推广。

该丛书在1988年首次推出，之后获得了国家的重点支持，并入选国家"八五""九五"重点图书。反映了中国政府在当时对于外国文学与文化交流的重视，也体现了云南人民出版社积极响应国家政策的努力。云南人民出版社的努力和特色得到了认可和表彰。在文学界的影响日益扩大，该丛书连续四届获得了"全国外国文学优秀图书奖"。这一成就不仅是云南人民出版社的荣耀，也成为其他地区出版社学习与借鉴的榜样。整个过程中可以看出，文化交流在推动中国文学艺术发展中起到了积极的作用。通过引进拉丁美洲文学作品，中国读者有机会了解和欣赏来自不同文化背景的作品，为中国文学的多元发展提供了广阔的视野。云南人民出版社以"拉丁美洲文学丛书"为代表，通过有计划、有准备的出版，为中国读者提供了更多选择，并提高了中国文化出版界的影响力。

在1992年加入《保护文学和艺术作品伯尔尼公约》后，中国出版社面临了一个全新的挑战，即如何处理外国作品的版权问题。在此之前，中国出版的拉丁美洲文学作品很少有作者的正式授权，而当时许多拉丁美洲作家对此也并不追究。然而，随着版权意识的逐渐增强，版权问题成为中国出版社不得不重视的问题。尽管中国的一些出版社曾试图购买拉丁美洲文学作品的版权，但由于各种复杂原因未能如愿。然而，令人欣慰的是，在20世纪90年代，许多拉丁美洲作家并不将自己的作品视为私有财产，也并不追究版权问题。相反，他们抱持着社会责任感，愿意通过各种方式与中国进行文化交流，使自己的作品被更多人了解和阅读。正是在这种背景下，云南人民出版社等出版商在1992年10月之后的丛书中，出版了大量的拉丁美洲作品。这些作品虽然没有获得正式授权，却以其他形式在中国得到了出版，为我国文学艺术发展带来了重要的影响。这种文化交流的背后反映了两国在人文领域的合作与友好关系。从这段历史可以看出，文化交流对于一个国家的文学艺术发展具有重要意义。它不仅丰富了我国文学创作的资源，还扩大了我国作家的文化视野，提升了我国文化审美的水平。

20世纪90年代末，知识产权保护政策的实施和出版市场与国际接轨的新模式不仅影响了出版行业的发展，还导致了以"打擦边球"方式出版拉丁美洲文学作品的可能性逐渐减小。特别是在2000年之后，云南人民出版社几乎没有出版过一本拉丁美洲文学作品。与此同时，21世纪初的外国文学出版却呈现出新的面貌。当《哈利·波特》《魔戒》等作品被大陆出版社成功引进时，充分说明了中国资金雄厚的大型出版集团已经能够自如地按照国际惯例进行运作。相比之下，出版拉丁美洲文学作品却面临一些困境，既无法像20世纪80年代那样在全社会掀起阅读评论的热潮，也无法获得可观的利润。对于曾经凭借出版"拉丁美洲文学丛书"奠定自己在业界地位的云南人民出版社来说，继续出版这一系列书籍已经没有任何必要了。在过去的十几年中，拉丁美洲文学经历了从发展到衰退的过程，"拉丁美洲文学丛书"的出版在世纪之交也自然要落下帷幕，留给人们的是许多美好的记忆和难以明说的遗憾。拉美文学在中国市场的影响力由盛到衰的变化提醒了我们，文化交流需要平衡国内外文学艺术的传播，保持开放与多样性。同时，也说明了在商业化的出版市场背景下，出版社需要在商业利益与文化价值之间找到平衡点，确保艺术作品得到适当的传播与推广。

随着时代的演进，中国在21世纪初开始引进更多国际畅销作品，标志着中国出版市场正朝着国际化、多元化的方向发展。虽然在这个过程中，关注拉丁美洲文学作品的热潮逐渐消退，但我们可以看到文学艺术的发展永远是多元而丰富的。

六、《百年孤独》在中国

自20世纪80年代至今，哥伦比亚作家加西亚·马尔克斯的代表作《百年孤独》被誉为拉丁美洲魔幻现实主义文学的巅峰之作，也一直是国内最畅销的外国长篇小说之一。这部小说以其独特的叙事风格、丰富的想象力和深刻的内涵，吸引了大量的读者，不仅给人们带来了阅读的愉悦，更引发了人们对人性、历史、命运等重要议题的反思和讨论。它深受我国读者的追捧和喜爱，其三个重要版本分别属于北京十月文艺出版社、上海译文出版社和云南人民出版社，并在后续还有多家出版机构推出了该书的翻版。《百年孤独》是一部艺术水平极高的小说，它展示了作者对于语言、结构、风格、技巧等方面的精湛掌握和运用。小说的语言简洁而优美，富有诗意和韵律，既有西班牙语的热情和节奏，又有中文的含蓄和韵味。小说的结构循环而对称，既有线性的发展，又有回环的重复，形成了一个完整而和谐的整体。小说的风格清新而独特，既有现实主义的客观和冷静，又有浪漫主义的主观和感性，创造了一种新颖而独特的美感。小说的技巧多样而精妙，既有传统的比喻、象征、隐喻等修辞手法，又有创新的倒叙、插入、拼贴等叙事手法，增强了小说的表现力和影响力。它虽然是一部以拉丁美洲为背景的小说，但它并不局限于地域和民族，而是具有普遍的意义和价值。它不仅反映了拉丁美洲的历史和现实，也反映了人类的历史和现实。它不仅探讨了拉丁美洲的文化和身份，也探讨了人类的文化和身份。它不仅表达了拉丁美洲人的情感和梦想，也表达了人类的情感和梦想。它不仅揭示了拉丁美洲人的孤独和悲哀，也揭示了人类的孤独和悲哀。《百年孤独》是一部跨越时空、跨越国界、跨越文化、跨越语言的小说，它能够打动不同年代、不同地区、不同民族、不同语言的读者，让他们在阅读中找到共鸣和启发。这部小说的畅销不仅反映了我国读者需求的多样性和成熟度，也充分说明了我国出版业对外国文学作品的高度重视和广泛传播，并且间接体现了我国翻译水平的提高和翻译事业的蓬勃发展。由此可见，作为一部外国文学作品，《百年孤独》不仅在文学创作上具有重要意义，还在文化交流中也促进了中外文化的沟通与碰撞。该小说通过其浓厚的拉美地域特色、独特的魔幻现实主义风格以及丰富的历史背景，向读者展示了一个世界迥异于中国的文化环境和思维方式。通过对这些陌生文化元素的理解，读者可以拓宽自己的视野，增进对外国文化的认知。同时，该小说所传达的普世价值观和人类情感也使中外读者在共同的价值体系下发生共鸣，实现了心灵的交流与互通。一些其他作家，如巴尔加斯·略萨、卡洛斯·富恩特斯、何塞·多诺索等人在与中国出版商的接触中表现出了较为友好的态度，并与中国出版商保持了密切的合作关系。根据《保护文学和艺术作品伯尔尼公约》，作家的版权应受到法律的保护。虽然中国加入了该公约，但马尔克斯的作品《百年孤独》的版权申请在中国出版界未能得到回复。在2010年末，新经典文化有限公司终于购买了加西亚·马尔克斯所有著作的版权，并重新翻译出版了全新的中文版《百年孤独》，使得这部让读者苦等20年的作品得以合法地在中国市场上销售。这不仅帮助中国读者更好地了解和欣赏拉丁美洲文学作品，也为中外文学交流搭建了一个桥梁。通过购买《百年孤独》等作品的版权，新经典文化有限公司为中国图书市场引进了优秀的外国文学作品，推动了中国文学艺术的多元发展。这一行为同时也对盗版活动进行了打击，维护了版权利益，为文学创作提供了更好的环境。版权保护与扶持是文学艺术发展的基础，它可以鼓励作家进行更多的创作，并使得经典作品得以广泛传播。

《百年孤独》在中国传播的经历也再次验证了译者的重要性。新经典文化有限公司在出版全新的中文版《百年孤独》时聘请了北京大学西班牙语系青年教师范晔进行重新翻译。这次翻译的成功为读者呈现了一部更加精准、流畅的中文版《百年孤独》，增强了读者对作品的理解和欣赏。优秀的译者在跨文化传播中发挥着重要作用，他们的努力和才华促进了不同文化之间的相互认知和理解。作为一部影响了全球文学艺术界的作品，《百年孤独》来到中国后，也对我国文学艺术产生了深远的影响。这部作品通过魔幻现实主义手法，巧妙地刻画了一个家族世代相传的故事，其中包含了许多普遍的人性和社会问题。这种通过寓言、象征等方式，将个体经历与普遍现实相结合的表达方式，为我国文学艺术创作提供了新的思路和方法。同时，《百年孤独》的创作深受欧洲现代主义文学和美国后现代主义文学影响，也融入了拉丁美洲的本土文化元素，形成了一种独特的风格。这种跨文化融合的方式，启示我们在发展我国文学艺术时，需要积极吸纳国际先进经验，与世界各地的文化进行对话交流，以创造出更加丰富多样的作品。

《百年孤独》的传播对我国文学艺术发展的影响是沉重而深远的。我们应该借鉴其跨文化融合方式，以文学为媒介表达内心情感，关注历史记忆和社会变迁，同时思考人类存在的意义。通过这些感悟，我们可以更好地推动我国文学艺术的发展，创作出更加丰富、深入人心的作品，为促进我国文化繁荣与交流做出贡献。

第二章
西班牙文学中的中国形象

第一节 维森特·布拉斯科·伊巴涅斯的中国之行

维森特·布拉斯科·伊巴涅斯，是西班牙近代伟大的作家和政治家，也是西班牙共和运动的重要人物。他于1870年1月29日出生在巴伦西亚省一个商人家庭，并在青年时期前往首都马德里学习法律，积极参与各种民众活动，成为一名激进的共和主义者。1888年，因涉及一桩政治密谋事件，他被迫流亡到法国。1891年返回国内后，他创办了具有共和主义思想的报纸《新西班牙》。1895年，由于反对西班牙对殖民地的战争，他遭到通缉，不得不逃离巴伦西亚。1896年被捕入狱，被监禁了13个月，后来获释；1903年后，他主要从事文学创作。晚年，他因组织反对君主独裁政体活动再次逃亡到法国，1928年1月在法国逝世。

维森特·布拉斯科·伊巴涅斯的小说创作可以分为三个时期。第一时期（1894—1902年）的作品主要描写了他故乡巴伦西亚地区人民的生活和风俗习惯，地方色彩浓郁。其中著名作品包括描写渔民生活的长篇小说《五月花》，描写农村生活的短篇集《茅屋》，以及描写农村青年爱情的《芦苇和泥淖》。第二时期（1903—1909年）的作品题材较为广泛，用左拉式的自然主义或印象主义的手法，描写社会黑暗，反映劳动人民的痛苦，对统治者和教会的压迫发出谴责。著名作品包括《大教堂》（1903年）、《闯入者》（1904年）、《酿酒厂》（1905年）、《游民》（1905年）、《死者的嘱咐》（1909年）等。第三个时期（1910年以后）的作品题材更为广泛，其中以第一次世界大战为背景的《四骑士启示录》（1916年）在欧美各国风行一时，并让他赢得世界赞誉。

维森特·布拉斯科·伊巴涅斯创作的重要作品还包括1908年的《碧血黄沙》。这部长篇小说以充满同情的叙事风格和雄伟撼人的气势，描绘了西班牙斗牛士的生活，展示了一个宏大生动的西班牙风俗民情画卷。主人公加拉尔陀从一个孤苦伶仃的小鞋匠成长为著名的斗牛士，被贵族妇人所引诱，后来又被抛弃，在斗牛场上惨死。作者生动地描写着紧张的斗牛场面，并论述了斗牛的历史根源、社会基础、政治作用和心理影响，最终将这种娱乐判定为一种时代的错误。在这个以斗牛和爱情为主要框架的故事中，作者通过国家和小羽毛这两个人物来表达政治思想，用他们的言行揭示了当时西班牙严酷的现实生活。尽管作者在作品中所表达的政治理想还是模糊抽象的，最高政治观点也只是"教育救国"，并安排了小羽毛这样一个被自己人杀害的结局。所以，这个作品所表现的共和主义思想远远不如他对斗牛场面的精湛描绘。

改革开放后，维森特·布拉斯科·伊巴涅斯的作品在我国早已传开，尤其是随着与西班牙文化交流的大力推进，他的近十部小说已经在中国出版了，他的名字也广为人知。他与乌纳穆诺、巴列·因克兰等西班牙作家情感紧密，被认为是19世纪末为正义事业而奋斗的进步作家。伊巴涅斯的书对于中国读者而言具有重要的文化交流意义。他的作品通过描绘北京以及中国的形象，向读者展示了一个不同于他们想象中的中国。这种带有探索精神的描写，成为一个窗口，进而加深两国之间的文化交流与理解。同时，伊巴涅斯描述的中国形象也影响了他自己。通过亲身经历，他能够将自己对中国的想象与实际所见相对照，从而对中国及其文化产生更深刻的认识和理解。这种体验丰富了他的创作灵感，使他能够更准确地描绘中国的现实情况。因此，在中国期间的观察和体验对他后来的作品产生了深远的影响。

维森特·布拉斯科·伊巴涅斯是一位伟大的作家，对于遥远而神秘的中国，他情有独钟。在他的三卷本《一位小说家的世界旅行》第二卷中，他描述了小时候对中国的印象，认为北京是一个他们永远也看不到的极其遥远的地方。人们常常用"他要到北京去了"来表示某人要离开并且不会再回来，或者用"这儿不行，就是到北京也不行"来表示某事无法实现或没有退路。这些描述表明了中国在他的心目中是多么遥远、多么神秘。幸运的是，维森特·布拉斯科·伊巴涅斯在1923年乘坐大客轮从美洲经过日本，最终踏上了中国的土地。但他却在书中提问："但是他看到的是什么样的中国啊？"这句话表达了他对中国的好奇和渴望了解的心情。

从他所描述的场景来看，他对当时日本帝国主义占领下的中国人民遭受的苦难深感同情，并为他们担忧。他在火车站看到许多孩子在乞讨，他们身体被铁丝网上的刺扎着，脸上满是脏污。这些孩子大多数都留着小辫子，衣着破旧，生活极其困苦。他们哀求、哭泣，有些甚至被同伴踩在地上。这种场景使得伊巴涅斯无法拒绝孩子的乞求。然而，这不仅仅是他在中国看到的事情。他还参观了沈阳的清朝皇宫和陵墓，被那些宏伟壮丽的建筑所震撼。但更让他陶醉的是北京的故宫、北海、颐和园和长城等历史古迹。

伊巴涅斯是一位具有同情心和人文关怀的作家，他在中国传播西班牙文学期间，对当时中国人民所遭受的灾难深表同情。然而，灾难并不是伊巴涅斯在中国所见的唯一画面。伊巴涅斯通过描述自己在中国的所见所闻，传递了他对中国人民深沉的同情和关注，并展示了他对中国历史和文化的喜爱。他在文中所描绘的乞讨场景和对历史古迹的赞叹，凸显了他作为一个知识分子的责任感和对社会现象的敏锐观察。这段文字形象地塑造了他在中国的文学形象，也对后来西班牙文学在中国的传播产生了积极的影响。

伊巴涅斯在中国传播西班牙文学期间树立了一个深刻的形象。他以其独特而真实的描述，展现了中国工人阶级的伟大力量和中国人民坚韧不拔、一往无前的精神。在他的旅行途中，目睹了中国工人阶级的伟大力量。他描绘了中国工人的集体行动，并提到了一次工人举行的罢工活动。这一活动使得某个地方变成了"臭港"，显示出中国工人为维护自身权益所做的努力。此外，伊巴涅斯还提到，中国共产党积极参与北伐并组织民众，将工人、农民的运动搞得轰轰烈烈。这些描写表明，中国工人阶级对于伊巴涅斯来说具有很大的吸引力，并让他对中国工人阶级的力量印象深刻。同时，他对中国人民的勇敢和坚定也表达了赞赏之情。他还通过指挥台上的人物赞扬这些中国人的勇敢和坚定，认为如果有人懂得怎样指挥，中国人会成为世界上最优秀的海员。这一描写体现了伊巴涅斯对中国人民顽强精神的崇敬。

伊巴涅斯在他的游记中详细描写了他在中国看到的景象，展示了中国对他来说是多么重要。他用近200页的篇幅来描写他的中国之行，显示出他对中国文化和人民的浓厚兴趣。这一点反映了他对中国的热爱和对中国人民的深入观察，同时也预示着他在文学作品中可能将中国元素融入其中，以进一步传播和推广西班牙文学。在整个游记中，布拉斯科·伊巴涅斯对中国给予了高度评价和深刻观察。他认为只要有一个合适的领导者，中国人民可以成为全世界最优秀的海员。这种观点不仅展示了他对中国人民的赞美和肯定，也反映出他对中国社会和文化的理解和认同。伊巴涅斯的游记为世人展示了一个充满活力、精神焕发的中国。他通过对工人阶级、船民和领导者的描写，展现了中国人民的勇气、坚韧和追求目标的精神。这些描写不仅令人印象深刻，也为我们提供了一个更加真实的中国面貌和中国人民的智慧与力量。伊巴涅斯在中国传播西班牙文学期间树立的文学形象及其影响具有象征意义。他通过描写中国工人阶级的伟大力量和中国人民的精神品质，树立了一个真实而深刻的形象。这一形象不仅在他的游记中展现出来，也反映在他的作品中，为中国文化和西班牙文学之间的交流搭建了桥梁。他的传播行动在一定程度上增进了中西文化的相互了解与尊重，对于促进跨文化交流和友好合作具有积极的影响。

维森特·布拉斯科·伊巴涅斯的作品在中国的出版和翻译，不仅为中国读者提供了了解西班牙文学和西班牙人民思想倾向的窗口，还对中国当代文学发展产生了积极的影响，更促进了中西文化的交流。他在自己的中国游记中，充分表达出对中国文化和人民的浓厚兴趣。

第二节 门多萨《中华大帝国史》中的中国形象

《中华大帝国史》是西班牙圣奥斯丁会修士胡安·冈萨雷斯·德·门多萨于1585年所著的一本关于中国历史的著作。该书在出版后迅速在欧洲流传开来，成为当时十分畅销的书籍之一。从16世纪末到17世纪中叶，该书还陆续以30种不同的语言版本出版，其影响力长久而深远。《中华大帝国史》被认为是早期关于中国的最全面、最详尽、最有影响力的著作之一。其涵盖了对中国自然环境、政治、经济、文化、历史、宗教等多个方面的描述和分析。可以说，这本书是欧洲学界对中国及其制度的一个重要参考资料。

相较于16世纪之前西方对中国的想象，门多萨的记述更加真实和清晰，这主要得益于新的地理发现资料和中西经贸交流史实的支持，以及马丁·德·拉达等人带回的书籍。他的著作对中国的疆域、城镇、村庄、土地肥沃程度等方面进行了详细描述，凸显了中国的巨大规模和丰富资源。门多萨在著作中提到，中国被分为15个省份，每个省份都比欧洲国家要大。他详细记录了中国的城镇数量，共有591个城市和1 593个镇，还有无数的村庄和建筑物，这些数据显示了中国的城市化水平和庞大的人口规模。这些关于中国疆域的介绍很大程度上依赖于传教士带来的地理学资料，这些资料使得门多萨对中国的描写更加真实可信。此外，门多萨还提到了中国土地的肥沃程度。他夸张地称中国有全世界最肥沃的土地，这一观点主要基于中国地处温带，气候适宜，能够滋养丰富的农作物的地理条件。这种对中国土地的高度评价也反映了当时西方对中国农业文明的认可和赞美。书中，门多萨还提到了印刷术。他认为中国发明印刷术的时间要早于德国人古腾堡1458年的发明，这一观点主要基于马丁·德·拉达等人带回的中国出版的各种印刷精美的书籍和相关记录。这表明门多萨对中国科技的评价和对中国在出版领域的领先地位的认可。

这本书的出版标志着一个时代的开始，也为欧洲学术界提供了关于中国及其制度的一部适用的纲要。在之后的几个世纪里，它成为前往中国研究的学者的主要参考之一。在那个时代，受过良好教育的人几乎都读过这本书。拉赫认为，《中华大帝国史》是具有高度权威性的著作，它可以作为18世纪以前所有关于中国的著作的起点和基础。赫德逊则评论说，《中华大帝国史》揭示了古代中国生活的实质，该书的出版标志着一个新时代的开始，从那时起，关于中国及其制度的知识就可以为欧洲学术界所利用了。这部著作的问世标志着欧洲对中国的兴趣和研究的兴起，为后来对中国研究的发展奠定了基础。它在当时起到了重要的启蒙作用，帮助人们更好地了解中国的历史和文化。书中，门多萨触及了古代中国的生活实质，对中国的制度、风俗、文化等进行了深入的探讨和描述。此书之后的《利玛窦中国札记》在中国研究领域也产生了极大的影响，更加丰富了对中国的认识和了解。

作者门多萨在写作这本书时遇到了一些挑战。他既不会中文，也没有亲自去过中国，所以他所有关于中国的知识都是通过阅读其他人的著作和报告来获取的，主要包括加斯帕·达·克路士的《中国志》和西班牙使节马丁·德·拉达出使中国的报告等资料。因此，一些评论对于该书的权威性提出了一定的质疑，认为它只是简单地抄袭了其他人的材料而已。然而，通过对比发现，尽管门多萨依赖于他人的资料，但作为一名传教士和学者，他并非仅仅简单地复制粘贴。相反，他通过广泛搜集和阅读各种材料，并运用超强的分析综合能力和文学才华，创造性地将这些材料整合在一起，使其著作极具可读性。从文体的优雅和用词的规范程度来看，甚至可以与西班牙古典文学经典名著《堂吉诃德》相媲美。这本书创造了一个在各方面优于西方的中国"幻象"，即通过作者自身的观察、感知和思考，以及对他人资料的综合运用，形成了一个独特的描述中国的形象。这个形象不仅仅是对中国历史和文化现实的描述，还注入了作者自身的文化、情感以及个人或社会群体等因素。他描述了中国的统治者、社会制度、经济状况、文化传统等，并分析了它们与西方的异同之处。同时，他也对中国的地理、民族、语言等进行了较为详细的描述，使读者可以更好地了解中国的多样性和复杂性。

在物质领域，门多萨笔下的中国具有地域辽阔、土地肥沃、物产丰富的特点。首先，中国的土地被赞誉为全世界最肥沃的，几乎没有荒地或无收获的地方。中国人种植各种农作物，包括稻米、棉花、小麦、大麦、玉米和燕麦等，并在不宜耕种的山地种植各种树木。此外，中国还像西班牙一样盛产各种水果。比如橙子等。同时，中国还盛产糖、蜂蜜、丝织品，拥有丰富的矿产资源。这些丰富的物产使得中国可以被称作全世界最富饶的国家。其次，中国的城市建设也被门多萨称赞到令人瞠目结舌的地步。他描绘中国首都北京是全世界最大的城市，需要一个夏季的白昼和一匹好马才能从一门到另一门。中国的城市大多建在河畔，可通航，并且有坚固的城墙和壕堑。有些城池自最初修筑以来已有两千年之久。此外，全国的道路都是笔直平坦的，宽度可以容纳15骑并行，街道两侧是各种奇特商品的店铺。另外，门多萨在《中华大帝国史》一书中详细叙述了中国在印刷术、火炮技术和造船术等方面的发展历程。他认为中国在这些领域的技术先进程度超过了西方国家，并且在关键技术发明的时间上更早。这些观点对于研究中国科技史具有一定的参考价值。门多萨认为中国是最早发明印刷术的国家。尽管一般看法认为德国人古腾堡在1458年发明了印刷术，但门多萨指出，中国在古代已经掌握了印刷技术，并且在中国使用后的很多年里，印刷术才传入欧洲。他还提到了中国城市里的工厂不断制造武器和火炮，进一步显示了中国在技术发展方面的领先地位。门多萨特别强调中国在火炮技术上的超前，他引用了阿特列达船长的话，描述了中国火炮的威力。他自己也声称亲眼见过中国的大炮，并表示这些大炮制造得更好、更坚实。他认为中国人在使用火炮方面早于欧洲国家，并且中国每座城都有一些工厂专门制造武器和火炮。这些观点进一步证明了中国在火炮技术上的先进性。此外，门多萨还对中国的造船技术给予了高度评价。他引用了葡萄牙修士克路士对中国造船技术的赞扬，并详细介绍了中国的船只种类和数量之多。他还提到了中国船只的耐用性，称中国船只比欧洲的更坚固、防蛀，其耐用性是欧洲船只的两倍。

　　《中华大帝国史》中的表述认为，在中国，只有皇帝拥有最高权力，所有土地和财富都归皇帝所有。这样的政治体制能够避免动乱和叛逆事件的发生。为了监督官员是否尽忠职守，皇帝每年秘密派出御史考核官员政绩、调查民情，对于表现出色的官员给予奖励，对于不秉公执法的官员则予以撤换并严惩。赏罚得当的管理使得所有的官员都尽职尽责，生活廉洁，这使中国成为全世界已知管理最佳的国家之一。这部书中的中国还拥有良好的社会秩序和优厚的社会福利，中国人民不容忍流氓和懒汉等不良行为。尽管国家人口众多，但街头没有穷人死亡和行乞现象。那些没有劳动能力且无人照顾的身体残疾人都会得到国家的供养，在每个城市都设有医院供养这些人，并且还为在战争中度过青春、无法自谋生路的老人和穷人提供供养。只要他们活着，就会得到一切所需的东西。比如衣物和粮食。另外，根据门多萨的观察，中国的法律和监狱制度虽然严酷，但司法程序十分公正。所有的审判都是公开进行的，判决当场宣布，若有人犯法，刑罚也会当场执行。

　　门多萨的《中华大帝国史》一书在其创作过程中，存在着对中国历史的刻意改写和忽略。他采用了一种浪漫化的写作心态，主张在描述中国历史时呈现出一种令人兴奋的、非同一般的智慧。因此，门多萨在引用传教士在中国的记录时，有意识地忽略或改写了许多对中国的消极描述。比如马丁·德·拉达曾认为中国人在地理、几何甚至算术方面的知识相对不足，因此对中国的描述显得粗糙，并指出中国人在书写里程和计算方面都存在错误。此外，门多萨还在书中改写了关于中国人相貌的描述，门多萨将其写为中国男性具有良好的体质、匀称而漂亮，他赞美女性的贤淑和贞洁，并对缠足等陋习没有明显的厌恶和指责。此外，门多萨还引用一些缺乏真实性的传说来支持自己的观点。比如关于火炮发明权的问题，他深信中国的黄帝发明了火炮，并将火炮的制造方法传到其他国家，以保护自己和国家。然而，这个说法没有任何史料支持，但门多萨却坚信其真实性，以此来消解马丁·德·拉达关于中国火炮质量低劣的说法。

门多萨的《中华大帝国史》首先提到了中国的物质繁荣、科技发达和制度完善等方面，这些是中国近代发展的一些积极成果。门多萨认为中国人在对待古老传统的中国文化方面存在着一种截然不同的态度，认为中国人缺乏教导真理的光明。这反映了门多萨来自基督教文明背景的传教士身份，以及他对中国文化的一种偏见和认知的局限性。为了填补中国叙述与西方文明价值判断之间的断裂，门多萨试图将中国历史和文化纳入西方基督教文明的体系中，并为中国文化的存在提供合理性的阐释。比如他提到马丁·德·拉达在《记大明的中国事情》中，介绍了中国从盘古开天地的上古传说直至明万历年间的历史演变，他将这些历代统治时间加在一起得出结论，认为中国人在洪水后不久就有了皇帝，并且从那时起就没有被异族掺杂。门多萨继承并推崇了拉达的观点，并进一步提出中国人是诺亚的子孙，将中国纳入上帝的嫡系子民体系中。具体的创作内容和延展分析需要进一步详细研究门多萨的著作，了解他对中国历史和文化的具体阐述和观点。

在15—16世纪，欧洲人通过开辟新航路打破了原本相互隔绝的状态，并且对异域世界有了更深入的认知。然而，这种认知并没有改变欧洲传统的中国形象、知识建构框架，甚至还强化了中国幻象的真实性。这种情况在一定程度上是客观存在的，因为明代中国继承了元代的繁荣，相对于其他文明地区（如美洲、非洲）甚至是欧洲自身来说，中国仍然是一个领土辽阔、物质丰富、社会秩序良好、政权架构严密的国家，至少在表面上是如此。对于来自地理、人口规模都不大，物质文明水平不及中国的外来者来说，这样的情况可能会给他们带来相当大的心理冲击。这一点在门多萨《中华大帝国史》的撰写和中国传教士的记录中可见一斑。

门多萨的作品延续了欧洲人对中国形象的迷思，并以某种狂热的态度审视中国的形象。然而，由于门多萨对中国相关知识的接触是间接的、抽象的，并没有真正身临其境地体验过中国社会，与马丁·德·拉达等人有所不同，他们的记录是经验的、具象的，且在中国遭遇了负面对待，因此不可避免地带有负面的感觉。因此，门多萨更多地依赖于13世纪以来西方传统的中国知识建构谱系，以传奇的心态描述中国为一个"流奶和蜜之地"的神秘东方图景。正如他在本书的序言中所说："尽管马可·波罗游历了亚洲很多地方，并力图向世界介绍那里的人民，但仍有人怀疑他所记述的令人难以置信的事情是发生在中国，……更主要的是我接受了我上司的鼓励，使我勇气倍增，写完这部简短的历史。"[①]这部著作不仅反映了当时中国的发展历程，也呈现了中国在物质领域的优势和独特之处。《中华大帝国史》融入了门多萨的个人观点和情感，形成了一个独特且富有可读性的中国形象。虽然他在创作过程中存在一些限制和批评，但通过他的努力和天赋，这本书成功地呈现了一个优美而深入的中国"幻象"，为读者提供一个更好地理解中国历史和文化的机会。

门多萨的《中华大帝国史》旨在通过将中国历史和文化纳入基督教文明的框架中，为中国的存在和发展提供一种合理性的解释，并试图弥合中国叙事与西方文明的断裂。此外，门多萨的作品延续了欧洲人对中国的幻想，并以狂热的态度来审视中国形象，他依赖于西方传统的中国知识建构谱系，描绘出一个令人兴奋且神秘的东方景观。尽管门多萨无法实现自己到中国的愿望，也没有机会深入研究中国的历史和文化，然而他的作品却激励了更多年轻一代传教士前往中国传教。在地理大发现时期，以门多萨为代表的作家将欧洲人对中国的看法从物质层面提升到精神层面。他们在之前关于王权和财富的中国形象基础上加入了历史和文化的元素，并构建了一个文明智慧、道德秩序清晰且近乎完美的中国形象。

总的来说，《中华大帝国史》通过描绘中国的繁荣景象和物质优势，展示了中国作为一个大帝国的发展历程。尽管存在一些局限和批评，但该书成功地呈现了一个优美深入的中国"幻象"，为读者提供了理解中国历史和文化的机会。同时，该书试图将中国纳入文明的框架中，并试图弥合中国叙事与西方文明之间的断裂。

---

① （西班牙）胡安·冈萨雷斯·德·门多萨.中华大帝国史 [M].孙家堃，译.北京：中央编译出版社，2009：61-62.

第三节 加西亚·洛尔卡对中国现代诗歌的影响

　　加西亚·洛尔卡，生于1898年的西班牙，是20世纪最著名的西班牙诗人之一，也是对中国当代诗歌界影响最大的外国诗人之一。加西亚·洛尔卡在诗歌创作上经历了三个时期。第一个时期是他早期阶段的作品，包括《诗集》《组歌》《深歌》《歌集》等。这些作品的风格相近，结合了传统的韵律和现代主义的影响，展现了客观的诗歌体验，情感抒发相对保守节制。

　　1927年，加西亚·洛尔卡完成了《吉卜赛谣曲集》，这部作品为他赢得了极高的赞誉。然而，他仍然意识到了这部诗集的局限性，并开始探索一种全新的风格。这一时期的作品更加开放，抒发了苦闷、愤怒和困惑等情感，并通向现实生活的各个领域。这种革新的过程一直延续到1928年，为了克服情感和创作上的危机，加西亚·洛尔卡前往纽约，创作了著名的《诗人在纽约》。此后，他还去了古巴、阿根廷和乌拉圭。这一时期，他的诗歌中的象征主义元素更加浓厚，作品充满了丰富多彩的形象。回到西班牙后，加西亚·洛尔卡将主要精力投入到戏剧创作上，诗歌产量减少。他创作的剧本包括《马里亚娜·皮内达》《鞋匠的俏娘子》《血的婚礼》《坐愁红颜老》《叶尔玛》《贝纳尔达·阿尔瓦之家》等。这些剧作反映了社会现实和个人内心的冲突，具有强烈的情感色彩和戏剧性。此外，加西亚·洛尔卡还在文学以外的领域有着丰富的创作和贡献。他创作了一部游记、12个剧本和一个电影文学脚本，搜集整理了大量的民间音乐，还进行了多次学术讲座。他在诗歌、戏剧和音乐等领域的才华和创作成就，使他成为艺术界的重要人物。遗憾的是，加西亚·洛尔卡在创作如日中天之际于1936年遭到暴力杀害。然而，他的作品却一直以另一种形式实现了"永生"。

　　与此同时，作为20世纪最伟大的西班牙诗人、"二七年一代"的代表作家，[①]加西亚·洛尔卡的诗歌作品以其独特的艺术风格和深刻的情感表达而闻名。他的《歌集》是他最为著名的作品之一，其中至少有两首诗与中国有关。在《两个水手在岸上》的开头两行中，洛尔卡写道："人们在心里，带来中国海的一条鱼。"这两句诗抓住了人们内心深处对未知世界的向往和对东方文

---

① 赵圣瑶.浅析洛尔伽诗歌在中国的译介及影响[J].现代交际，2019(02)：3.

化的想象。他以象征意义的方式描绘了一个人们将远东海洋中的奇异事物带回心中的情景。这种想象和梦幻的艺术手法也体现其写作风格。其二是洛尔卡写给自己的养女伊莎贝尔·克拉拉的一首歌谣,题为《欧洲的中国歌谣》。这首歌谣探索了东方文化对洛尔卡的吸引力和影响。他通过使用中国元素和意象,描绘了一个虚构的"中国"世界,将东方的神秘感与自己内心的情感联系起来,这首歌谣展示了洛尔卡对中国文化和诗歌的魅力的认知。

加西亚·洛尔卡是20世纪最重要的西班牙诗人之一,也是对中国当代诗歌界影响最大的外国诗人之一。他的作品风格多样,早期作品相对保守节制,后期作品更加开放和自由,强调个体内心的抒发和现实生活的表达。他的作品引进了西班牙诗歌的现代主义风格和象征主义元素,为中国的诗人开辟了新的创作方向。他的作品强调个体内心的抒发和现实生活的表达,使得中国诗歌从传统的唯美主义走向更加开放和自由的创作形式。在中国,洛尔卡的影响主要体现在两个方面:《洛尔卡诗选》这部诗集的翻译和对中国朦胧诗运动的启发。戴望舒先生作为《洛尔卡诗选》的翻译者,在翻译这部诗集时付出巨大努力,使得洛尔卡的诗歌作品得以在中国传播。戴望舒对于洛尔卡诗歌的翻译准确传神,使读者可以领略到洛尔卡的诗歌风采和独特的艺术表达。这也使得中国的诗歌创作能够与国际接轨,丰富了中国诗歌的形式和内容。洛尔卡的诗歌思想和创作手法对于中国朦胧诗运动的形成和发展起到了重要作用。中国朦胧诗运动倡导表达内心深处的迷离意象和情感,追求诗歌与音乐的融合。洛尔卡的诗歌作品以其奇特的意象和情感表达方式深受朦胧诗创作者的喜爱,给他们的创作以启发和影响。洛尔卡的诗歌作品中充满了宏大的隐喻和意象,具有强烈的感官和情感冲击力,使其诗歌在中国朦胧诗运动中成为一种范式和榜样。

除了对中国现代诗歌的直接影响,洛尔卡百年诞辰的纪念活动也在中国引起广泛的关注和参与。赵振江等洛尔卡作品的中文译者策划并出版了新的《加西亚·洛尔卡诗选》对洛尔卡的诗歌进行重新整理和呈现,使得读者能够更全面地了解洛尔卡的诗歌创作。同时,举办"纪念加西亚·洛尔卡百年诞辰国际学术研讨会",进一步推动了对洛尔卡的研究和讨论,促进了中国与国际学术界在诗歌领域的交流与合作。加西亚·洛尔卡的作品无疑具有独特的风格。值得庆幸的是,在20世纪末,得益于西班牙驻华使馆的支持,北京大学西班牙语系成功举办了一次关于加西亚·洛尔卡的研讨会，并邀请西班牙著名学者安德雷斯·索里亚斯教授发表了一篇学术报告。然而，令人遗憾的是，《洛尔卡诗选》直到1999年3月才在漓江出版社推出，未能如期面世。尽管如此，在2007年10月，华夏出版社又出版了《加西亚·洛尔卡诗选》，这本诗集共约37万字，其中包括前言和四部分附录。此外，在中国"西班牙文化年"期间，西班牙驻华使馆和塞万提斯学院还举办了一系列的讲座和庆祝活动，并出版了超过10部西班牙文学作品。其中，《加西亚·洛尔卡戏剧选》由河北教育出版社出版，并由格拉纳达大学加西亚·洛尔卡研究室主任安德雷斯·索里亚斯教授亲自书写长篇序言。该书收录了五部剧作，分别是《马里亚娜·皮内达》《血的婚礼》《叶尔玛》《贝纳尔达·阿尔瓦之家》和《坐愁红颜老》。安德雷斯·索里亚斯教授对这些剧作进行了详尽的解读和分析。

加西亚·洛尔卡对中国现代诗歌产生了一定的影响。随后的出版和研讨会活动为中国读者提供了更多了解洛尔卡作品的机会。正是通过这些努力，中国读者可以更好地欣赏和理解加西亚·洛尔卡的诗歌和戏剧作品，同时也促进了中西文化交流与合作的发展。洛尔卡的作品充满悲剧冲突、浓烈的情感和生命力，他探索了人类存在的深层次问题，并且深受西班牙传统文化和民间艺术的影响，使得洛尔卡的作品充满了独特的魅力和热情。中国文化界对洛尔卡的作品产生了浓厚的兴趣，这表明中国文化界对洛尔卡的戏剧作品有着极高的评价和认可。洛尔卡作品中的激情和生命力为中国现代诗歌注入了新的元素，影响了诗人创作风格的转变，其戏剧作品以其深刻的思考和独特的戏剧语言对中国剧作家产生了启发，推动了中国现代戏剧的发展。洛尔卡的作品也引发了诸多中国学者对西班牙文学和戏剧的研究兴趣，促进了跨文化交流和学术合作。

随着时间推移，中西文化交流持续加深，新一代的中国读者对于洛尔卡作品的关注和研究会进一步增加。同时，中国诗人和戏剧创作者在洛尔卡的作品启发下，将继续探索自己的创作风格，丰富中国文学的形式和内容，为中国文化界带来更多的启示和灵感。

第四节 诗人阿尔贝蒂笔下的中国

拉菲尔·阿尔贝蒂是西班牙著名的诗人和戏剧家，也是"二七年一代"的主要成员之一。他的创作生涯和个人经历与西班牙的政治历史密切相关，这对于理解他的诗歌创作有着重要的作用。阿尔贝蒂于1902年出生在西班牙南部城市加的斯的圣玛利亚港，后来随父母搬到马德里。他最初的兴趣是绘画，在1925年出版了他的第一本诗集《陆地上的水手》。这本诗集使他获得了国家文学奖，并确立了他在西班牙诗坛的地位。从1931年开始，阿尔贝蒂开始涉足戏剧创作，并取得了一定的成就，然而，西班牙内战的爆发改变了他的人生轨迹。内战期间，他选择以文字为武器，保卫共和国。他的诗歌表达了对民主、正义和自由的热爱，成为抵抗法西斯主义的声音。战后，由于持不同政见，阿尔贝蒂被迫离开西班牙，并长期流亡在阿根廷和意大利。在这段流亡岁月里，他继续创作，并与许多西班牙流亡艺术家保持亲密联系。其诗歌作品逐渐展现出流亡和思乡的主题和情感。直到1977年，阿尔贝蒂才得以回国，在加的斯省当选为众议员。回国后他继续致力于文学创作，并于1983年获得塞万提斯文学奖，这是西班牙最重要的文学奖项之一。阿尔贝蒂的诗歌作品具有浓厚的政治色彩。其创作风格多样，既有抒情的诗句，也有鲜明的政治隐喻。他的诗歌语言简洁明快，充满了力量和情感，表达了他对于人类命运的关切和对社会变革的追求。

阿尔贝蒂的诗歌创作涵盖了多个时期和风格。可以将他的诗歌创作分为新大众主义、贡戈拉主义、超现实主义、政治诗和思乡诗五个时期。新大众主义时期，阿尔贝蒂的诗歌作品着重表达对劳动人民和社会底层的关注，描绘他们的生活和艰辛，并呼吁社会正义和平等，代表作有《陆地上的水手》和《紫罗兰的黎明》。贡戈拉主义时期，阿尔贝蒂的诗歌作品开始追求形式和声音的自由，通过自我表达和解构传统形式，这一时期的代表作有《石灰与歌》和《天使》。超现实主义时期，受到马雅可夫斯基的影响，加上西班牙国内的政治变化，阿尔贝蒂的诗歌创作转向现实主义。他开始探索个人与社会、生活与政治的关系，并关注战争和社会冲突，代表作品包括《号令》和《十三条和四十八颗星》。政治诗时期，阿尔贝蒂积极参与西班牙内战，站在人民一边，他的诗歌成为反对法西斯主义和压迫的声音。他写下了大量优秀的诗作，以童年、爱情和祖国为中心题材，将传统的继承和对人民的承诺结合起来，成为典范。思乡诗时期，阿尔贝蒂的诗歌作品主要表达了对家乡、故土的眷恋和思念之情。这些作品充满了温情和对生活的热爱。1957年阿尔贝蒂来华访问。在那个年代，世界分为社会主义和资本主义两大阵营，中国作为新生的社会主义国家，受到资本主义国家的政治孤立和经济封锁。然而，在国内，劳动人民成为国家的主人，国家充满了勃勃生机。

阿尔贝蒂的访华经历给他留下了美好印象，后来他与夫人出版了诗集《中国在微笑》，以表达他对中国的敬佩和喜爱。他的中国之行深刻地体现在诗集《中国在微笑》中，该诗集是他对中国文化和社会的深入思考和感悟的产物。这本诗集包含了作者本人的插图和妻子玛丽亚·特莱莎·莱昂的散文，展现了他对中国的独特观察和理解。并向读者传达了对中国的景观、人民和历史的深刻感受，呈现出了独特的艺术表达方式。

拉菲尔·阿尔贝蒂对中国现代诗歌的印象是非常深刻的。他自称为一个"中国—意大利—西班牙画家"，反映其在艺术创作中受到中国文化的影响。他将中国文化与意大利和西班牙的传统相结合，形成了一种独特的风格，并在创作中吸取中国绘画和意象的元素，融入自己的作品中，展现其对中国艺术的敬意和借鉴。赵振江教授在2002年选译了拉菲尔·阿尔贝蒂的一些优秀作品，使得中国读者有机会接触和阅读这位被称为"伟大的诗人、人民的战士"的西班牙诗人的作品。这种翻译和传播进一步加强了中国与拉菲尔·阿尔贝蒂之间的文化交流和理解。

拉菲尔·阿尔贝蒂对中国现代诗歌的影响主要体现在其诗集《中国在微笑》中，以及他将中国文化融入自己的艺术创作中。通过这种影响，他促进了中西文化的交流与融合。

阿尔贝蒂的《四月一日》这首诗以歌颂武汉东湖植树活动的欢乐场面为主题，展现了人们对劳动的新看法和新态度。从中可以看出诗人对当时社会氛围的真实描写，以及对劳动和丰收的美好期待。诗人通过描绘东湖上琴声四起、彩旗飘扬的景象，刻画出大学生犹如过节般的喜悦心情。反映出当时年轻人对参与植树活动充满热情和希望的态度，以及植树活动本身的盛况。诗中提到花丛中的船只竞相扬帆，手风琴的奏鸣伴随着彩旗飘舞，彩旗飘舞又伴随着敲响的鼓。这样的描写使读者感受到了植树活动的热闹和喜庆的氛围，形象地展现出了人们合力劳动的场面。后段，诗人提到从平原到山岭都是新的播种、新植的树木和防风的帘栊，以及保护丰收的长城。这些细节表明了人们对未来丰收的期待，并体现了对环境保护和农业发展的重视。整首诗中，诗人透过平实的语言和写实的手法，将当时对劳动的新看法和新态度生动地展现出来。并通过描述植树活动的场面和人们内心的情感，流露出对劳动的崇高赞美和对未来美好生活的向往。这种对劳动的肯定和对丰收的期待，彰显出那个时代人们积极向上的精神风貌。回顾这首诗，我们可以看到它是以一种乐观向上的态度来描绘植树活动，让读者感受到劳动的快乐和成果。同时，它也是对当时社会氛围和人们心态的真实记录。这首诗使我们在阅读时感到亲切，同时也激发了我们对劳动的热爱和对未来美好生活的期盼。

阿尔贝蒂的《从布宜诺斯艾利斯到北京》描述了他所认为的中国形象和感受。首先，他提到中国给他留下了美好的印象，用一系列微笑的形象来表达。这种微笑代表着中国的快乐和勃勃生机，无论是黎明、河水、孩子还是女人，都展现出的微笑，将幸福和美丽与中国紧密联系在一起。其次，阿尔贝蒂在描述中国的时候，使用了画家的笔触和书法家的笔势，将中国的形象描绘成了一个朦胧而美丽的景象。这种描绘方式充满了诗意和抽象性，呈现出一种神秘而吸引人的姿态。然而，在他原以为的画中所呈现的中国形象与现实之间存在很大的差距。他原以为中国是一个围墙圈起来的天堂，一个爱的笼子，在歌的湖面上荡漾；在碧绿与蔚蓝的屋顶上悬挂着金色纱帐。然而，在中国的实际生活中并没有看到这些情景，他感受到了与之相似但又存在差距的美丽。

诗人阿尔贝蒂对中国有着积极向上的印象和感受。他通过描绘微笑的形象，表达了对中国快乐与幸福的赞美。然而在实际生活中，阿尔贝蒂笔下的中国是一幅血与火、苦难与希望交织的画卷。他在这段诗中，描绘了军阀混战时期中国的现实状况，以及人们对自由和美好生活的向往。诗歌后段展示了诗人认知的变化。他从传闻中听说，虽然地下埋藏着丰富的资源，但实际上人民却面临着饥饿的现状。诗中称当时的中国存在"可恶的军阀"，这反映了当时中国社会动荡不安、战乱频发的局面。

军阀的贪婪和残暴使人民痛苦不堪。诗人用"遍地是饥饿的人群"来描绘人们的苦难，表达自己对于这种社会现象的震惊和愤怒。同时，诗人提到了背负鲜血和生命的工人农民，暗指他们被剥削和压迫，以致不得不牺牲自己的生命。这种对普通人的残酷境遇令诗人感到痛心。"黄泉"一词象征着死亡和毁灭，凸显出人民所面临的绝境。在当时的中国，存在着外部的侵略者和内部的权力斗争。外来势力以残忍无情的方式欺辱中国，而国内军阀则对人民实施横征暴敛，置人民于水深火热之中。这样的局面使诗人对于中国的现状感到担忧和痛苦。然而，诗中也流露出诗人对美好未来的渴望和憧憬。他为中国的新生而努力奋斗，期待一个充满鲜花盛开的美丽春天；他希望在中国的花园里，一个新的黎明能唤醒他和整个国家，带来重生和希望。在这一段诗中，阿尔贝蒂笔下的中国是一个承载着痛苦和希望的国家。他无情地揭示了当时中国社会的黑暗面，却又表达了对于美好未来的向往。这段诗激发了人们对社会现象的思考和改变的意愿，呼唤着对正义与进步的追求。

拉菲尔·阿尔贝蒂的诗歌创作深受中国文化背景的深刻影响，他在中国，不仅感受到了长江这一伟大河流的气势和壮丽，也深入了解了生活在长江流域的劳动人民的心声与奋斗。他在诗集《扬子江之歌》中将长江与他家乡的胡卡尔河进行了比较，并用热情洋溢的笔调歌颂了长江及其周边地区的人民。阿尔贝蒂在《中国在微笑》这本诗集中与艾青还进行了一场对话，表达了彼此对成长经历和创作道路的理解和感悟。两位诗人的交流如同促膝谈心，展现了他们对现实和历史的思考与回顾。虽然以现在的眼光来看，《中国在微笑》可能缺乏一些深度，但这恰恰是当时中国现实的真实写照。那时的我国正处在初创阶段，到处呈现出一片欣欣向荣、充满活力的景象，这种氛围正是阿尔贝蒂在创作中所展现的主题。

阿尔贝蒂以其独特的艺术"触觉"，吸收了中国文化中丰富的意象和哲思，将其巧妙地融入自己的诗歌创作中。他用充满激情和力量的笔触，呈现了长江的雄浑和奔腾，赋予了长江以人格化的形象，并通过对比表达了自己对中国文化和自然景观的理解与敬仰。同时，他还用细腻而富有想象力的语言，描绘了生活在长江流域的劳动人民的姿态和情感，使读者对他们的艰辛与奋斗产生共鸣。在创作中阿尔贝蒂追求真实与深度，在表达自己对于中国新生的感慨时，不仅展现了景观和人物的丰富细节，更加强调人与自然、人与社会之间的紧密联系。他通过描绘长江的力量和流动，传达了自身对于命运和历史的思考与洞察。他的诗歌不仅仅是写实的记录，更是一种表达内心深处追求自由和人性的呼唤，展示了人与自然和谐共生的美好愿景。

阿尔贝蒂与加西亚·洛尔卡是安达卢西亚诗人圈子中的两位重要人物，虽然阿尔贝蒂对中国诗人的影响不如洛尔卡那样广泛和深入，但他们都属于"一九二七年一代"，简称"二七年一代"，在当时的艺术文化氛围中具有一定的共鸣。阿尔贝蒂与洛尔卡是十分要好的朋友，他们的友谊也为中国诗人了解和接触到西班牙诗歌提供了渠道。2002年是阿尔贝蒂和另一位西班牙"二七年一代"诗人塞尔努达的百年诞辰，北京大学外国语学院西班牙语系、北京大学西班牙语文化研究中心举办了"纪念西班牙诗人阿尔贝蒂与塞尔努达百年诞辰暨国际学术研讨会"。这次研讨会为中国学者提供了一个深入研究和探讨阿尔贝蒂等西班牙诗人的机会，研讨会中，中外学者对阿尔贝蒂和塞尔努达的生平与创作进行了研讨与交流，这对于了解他们的思想、艺术风格以及他们对后世诗人的影响具有重要意义。同时，著名彝族诗人吉狄马加、诗人王家新等人的参与也体现了阿尔贝蒂对中国诗歌文化领域发展的一定影响。此外，参加研讨会的，不仅有西班牙境内的学者，还有来自其他国家的知名学者，如迪耶斯·德·雷本卡教授、安赫拉·奥拉亚教授等，他们的参与进一步推动了阿尔贝蒂在国际诗歌界的影响力。

阿尔贝蒂是一位具有高度文学造诣的诗人，他在创作《中国在微笑》这部诗集时，表达了对中国的深深喜爱和眷恋之情。这部诗集不仅充满了对中国的赞美，同时也将中国与他自己的祖国进行对比，呈现了两个国家的特点和差异。诗中，阿尔贝蒂将西班牙形容为一个继承顽固梦想的国度，暗示其社会行为像屠夫般持着刀。然而，他邀请西班牙的人们来看一看中国，来看一看那充满勤劳的人群，如同甜蜜平静的蜜蜂。他描述孩子如花园中的花儿一般笑容灿烂，青年人散发着耀眼光芒，既没有暴君也没有官长。他呼唤西班牙人来看中国是如何驯服河流的叛逆，日夜不停地教导河流成为人的伙伴。阿尔贝蒂描绘了中国勤劳的百姓是如何在艰苦条件下奋斗生活，如何一手建设这个国家。同时，他提醒人们不要以为中国工人和农民被束缚在唯一的分工中，实际上他们仍然是士兵，战斗于自己的领域中。阿尔贝蒂以和平的态度呼唤西班牙人向中国伸出友好之手，他希望这个国家能够享受平静的生活，像兄弟一样沐浴在绿色的春光下。通过这首诗，阿尔贝蒂表达了他对中国的赞美和对西班牙社会问题的拷问。他以中国勤劳人民的形象来对比西班牙社会的现状，反映其对中国社会的向往和对现实的不满。也彰显了阿尔贝蒂对中国文化、人民和社会的深刻洞察力和情感投入，进一步展现其诗人的独特性格和写作风格。

拉菲尔·阿尔贝蒂在中国文化背景下进行诗歌创作的奇妙经历，体现在他深入体验长江的壮丽与劳动人民的心声，并将之与自身的成长经历、创作思想相融合。他以独特的艺术表达方式，传递出对现实与历史的感悟，展示其在创作中所追求的真实与深度，也展现其独特的艺术水准和文化理解。拉菲尔·阿尔贝蒂的创作生涯与西班牙的历史和政治环境紧密相连。他以其富有力量和情感的诗歌作品为自由、民主和正义发声，并在西班牙文学界享有崇高的地位。阿尔贝蒂的诗歌创作承载了他对社会正义、自由与人权的思考，以及对家乡、祖国和劳动人民的关怀。他的诗歌作品既有个人情感的表达，又具有广泛的社会意义和艺术价值。阿尔贝蒂在《中国在微笑》中通过对比和描绘，既表达了对中国的赞美和喜爱，同时也呼唤西班牙社会能够从中国的经验中汲取启发，改变自身的现状。这部诗集充满了诗人对两个国家的关注和思考，展现了他对文化和社会的敏感度，深化了人们对他作品的认识和理解。

阿尔贝蒂在与自己祖国的对比中，挖掘西班牙社会的问题。同时，他也向人们呼吁友好和平的态度，希望看到国家平静地发展，享受和谐的绿色春光。这些诗歌作品反映了阿尔贝蒂深厚的文学造诣和对中国的喜爱之情。

第三章
西班牙语美洲文学中的中国形象

第一节 达里奥笔下的中国形象

西班牙语美洲文学中，有一位著名作家对中国文学抱有浓厚兴趣——鲁文·达里奥。作为一名极具影响力的拉丁美洲作家，达里奥以其独特的写作风格和创作视野，在拉美文学乃至世界文学中占有重要位置。达里奥笔下的中国形象主要表现为"中国人"的形象、"中国文化"的形象和"中国与其他国家之间关系"的形象三种类型。其原因主要在于达里奥对东方文化的陌生、对东方历史的陌生和对东方与西方关系的陌生。这种不熟悉和不了解导致他将中国视为一个"想象中的国家"，即想象中的"他者"。中国形象在他的眼中成了一个与西方世界截然不同甚至完全不一样的"异邦"，一个异于西方世界、异于他所熟悉和了解的东方世界。这是一种带有自我身份认知和自我认知偏见的建构，在很大程度上反映了中美洲国家在文化身份和文化认同上存在着差异。

一、达里奥与中国

在达里奥的笔下，中国是一个既有精神财富又有物质财富的形象。达里奥在其作品《中国大地之歌》一书中曾写道："中国，是一个令人着迷的国家，它的文化与建筑，其精神与物质，它的人民与生活方式，以及它所处的世界环境都使人着迷。"[①]在达里奥看来，中国是一个拥有五千年悠久历史、拥有丰富文化资源、拥有先进文明并深受儒家思想影响的国家。其笔下的中国形象却并不像欧洲人所表现出来的那样充满了"物质匮乏""精神低迷"等层面，相反，在其笔下，中国既是一个物质财富丰裕的国家，也是一个精神财富丰富的国家。这种形象给当时的欧洲资本主义对中国的认知予以强烈

---

①赵振江.达里奥作品中的中国形象［J］.博览群书,2013(02):42-47.

的冲击和震撼。这是因为达里奥所塑造的中国形象不仅与中国传统文化中所呈现出来的"现实"形成鲜明对比，而且在对中国人形象塑造的过程中，他还赋予了中国人独特的"现实"。达里奥在作品中曾写道："如果你想了解中国，我建议你看看我写的东西。我为它而来，这就是为什么我要把它写出来。这个国家有许多不利于它的东西，但也有许多好东西。"①

二、中国文化赋予的形象

与欧洲传统文化中呈现出来的"现实"相比，中国人则是一个勤劳的民族，这种勤劳在达里奥的作品中有着深刻的体现。在他看来，中国人的勤劳是一种令人惊叹的品质。中国人有一种对工作的痴迷，他们从不厌倦工作，相反，他们喜欢在工作中取得成就。"如果你问一个中国人：'你喜欢什么？'他会回答：'我喜欢工作。'他说他不喜欢休息，他只是想要做更多的事情。"②在中国传统文化中，"勤劳"是一个褒义词，"勤劳"是中华民族所独有的品质。作为一个勤劳的民族，中国人是具有自己鲜明特色的，这与欧洲大部分作家笔下的中国人形成了鲜明的对比。

达里奥将中国人的工作状态总结为"工作狂"，而这与中国传统文化中的"勤劳"是紧密相关的。在中国，勤劳被认为是一种美德，这使得中国人形成了对工作的痴迷和热爱。中国人把工作当成一种信仰，他们认为"如果你没有足够的动力去做一件事情，那你就没有能力去做好它"。他们将工作看作是自己实现自我价值、实现社会价值的一种途径。在中国，很多人为了实现自己的人生价值而全身心投入到工作中。

"中国人不惧困难，他们从不害怕失败。他们对自己的能力和成功有信心，从不怀疑自己。"③在达里奥看来，中国人对自己的能力有着自信，对自己的未来也有着信心。"在中国，有一种奇怪的观点，那就是'男人要学会做家务'。"④

在达里奥看来，中国人的这种自信不仅源于传统文化中对男性的要求和期待，更多来源于中国社会对女性的尊重和期待。"在中国人眼里，女人就应该做家务"⑤这一观念同样也反映在达里奥的作品中："如果你

①②③④⑤赵振江.达里奥作品中的中国形象 [J].博览群书,2013(02):42-47.

想知道一个女人是否勤劳、有才华或者漂亮，她就应该把自己弄得很漂亮。"①基于这样的观念，中国人更不会对自己的未来产生怀疑。

在《中国和其他地方》这本书中，达里奥不仅对中国人在科技和商业领域的创造力进行了细致的描述，而且还以中国为案例，探讨了现代世界中"如何才能在科技和商业领域中实现创新"这一问题。达里奥认为，中国人具有"超乎寻常的创造力"，他们的创造力使他们能够在科技和商业领域实现创新。他还认为，"中国人将会通过自己的智慧来影响世界"。达里奥甚至认为，在未来世界中，中国人将会成为"主要的创新力量"，因为他们能够为世界创造价值。可以说，达里奥在对中国人形象的塑造过程中不仅赋予了中国人"现实"的一面，而且还赋予了其"现实"的另一面——"创新的力量"。

三、中国人的现实形象与文化形象

达里奥笔下的大部分中国人形象都来自达里奥在他所生活和工作过的地方见到的人物，包括一些他曾经在英国或法国的旅行经历中看到过的人。此外，还有一部分人是由达里奥自己亲自寻找的，包括一些他在旅行中遇到并认识的当地人。这部分中国人形象都是达里奥主动寻找和发现并写下他们，而非其被动接受或发现。由此可见，达里奥对他所生活和工作过的地方及接触过的人都有着很深厚的感情。达里奥笔下的"中国人"拥有着强大而神秘、不可侵犯、不可战胜的力量，同时又表现出强大的生命力和创造力，在东方世界中能够与其他民族保持和谐的关系，所以有着很高的威望和地位。这样的"中国人"在达里奥的描述中是不愿离开东方世界。从达里奥看待"中国人"的视角可以反映出，他对东方世界的认识也是同样的神秘不可侵犯、同样的强大而不可战胜、同样的充满活力和发展潜力。

中国文化形象是指以中国文化为题材的文学作品中表现出来的关于中国文化的具体形象，主要表现为中国人、中国生活、中国人与中国社会等方面。在作品中，达里奥并没有明确地给"中国文化形象"做出界定，反而留给读者更多的想象空间。对于达里奥而言，中国是一个异邦，是一个与他者截然

---

①赵振江.达里奥作品中的中国形象 [J].博览群书,2013(02):42-47.

不同的"异邦"。他以一种好奇和探究的心态去审视中国，通过想象、联想和类比等方式对"异"进行阐释，试图寻找一种与他者不同的"异"来完善自己的文学创作。在他的作品中，达里奥以自己对中国文化的认知、理解和想象对"异"进行阐释，并形成了他对中国文化形象的独特理解。在达里奥看来，中国文化形象是一种"异邦"形象。他认为，"异邦"并不是一个客观存在的地方，而是一种想象中的存在。这是因为在他看来，西方世界与东方世界有着本质性的不同。作为西方世界与东方世界之间特殊关系的产物，中国在达里奥等人眼中是一种"异邦"，它不仅存在于中美洲国家与其本土文化之间，而且还存在于其他国家与其本土文化之间。

在达里奥的作品中，中国与其他国家的关系是同一种类的"关系"形象，这个形象在很大程度上体现了中美洲国家在文化身份和文化认同上的危机。他们在构建"中国与其他国家之间关系"的形象时，除了对中国人和中国文化的认知、了解外，还有一个很重要的因素就是对中国与西方关系认识上存在着一定的偏见。一方面是由于他们对东方文化和历史不够熟悉；另一方面也是因为他们对西方文化和历史过于了解，导致他们对东方文化、历史、现实等缺乏足够的了解。这种"不熟悉"也表现为他们对东方与西方关系不够熟悉。在达里奥看来，东方与西方是两个不同世界，两种不同文化，甚至是两个对立世界。东方和西方之间的关系就是他们想象中所构建出来的关系形象。

四、"他者"的建构与身份认同危机

在许多作品中，达里奥以虚构的故事建构出了一个与西方世界截然不同甚至完全不一样的东方世界。但这种"他者"是建构出来的，并非真正的存在 . 从文化层面看，这是一种带有文化偏见和自我身份认知偏见的建构；从社会层面看，这是一种带有社会偏见和自我身份认知偏见的建构。这种带有自我身份认知偏见和社会偏见的建构反映了中美洲国家在文化身份和文化认同上存在着危机。当西班牙语美洲文学中出现中国形象时，中美洲国家往往会将其视为一个想象中的国家，是一个异于西方世界、异于西方文化、异于他们熟悉和了解的东方世界。达里奥将中国文化视为一种"神秘之物"。这种神秘之物在达里奥等人看来是不存在的，或者说是不可理解、不可感知、无法认识和理解的。

五、达里奥笔下的中国经济、文化描述与社会、政治的想象

作为一名极具影响力的拉丁美洲作家，达里奥在作品中更愿意描述中国经济和中国文化的同时，也愿意对中国社会、政治展开想象。

（一）两种形象的比较

中国形象是达里奥在文学作品中对中国进行的艺术加工和想象，是对中国社会、经济等方面的形象描述，其背后往往是作家自身的文化立场。从表面上看，达里奥对中国形象的描写和想象主要表现在对中国社会、经济、文化等方面的描述。然而，达里奥对中国形象的描述和想象也存在着一定的差异。就其对中国社会、经济等方面的描述而言，达里奥虽然描述了中国社会、经济等方面的一些现象，但其描写并非完全客观，而是带有强烈的主观色彩。他以一种"我者"的眼光审视着中国人，将中国视为他者，表现出一种居高临下的姿态。然而，与中国"他者"的态度不同，达里奥通过自身所拥有的独特视角，将自己作为"我者"来观察中国，从而呈现出一种平等与平等下的"他者"形象。

就其对中国形象的想象而言，达里奥表现出一种强烈的主观性和主观色彩。一方面，他将自己置于一种上帝视角，以"我者"或"上帝"对待中国人；另一方面，达里奥将自己置于一种"他者"与"上帝"之间；一方面，他认为自己是上帝之子、人类之父；另一方面，他又将自己视作世界之王、大地之王。可以说，达里奥笔下的中国是一个在政治、经济等方面都居于世界前列并拥有绝对话语权的东方国家。就其对中国社会、政治等方面描述而言，达里奥则更多地表现出一种客观与中立。达里奥笔下呈现出一种客观公正之态。虽然达里奥将自己置于一种上帝视角看待中国人和其他国家的人与事，但这并不意味着他完全无视或否认其他国家和民族与自己在历史上存在着联系。正如他所说："我不是一个纯粹的'局外人'或'旁观者'……我是一个与世界上所有人都有着联系，并且有过接触和交往的人。"①达里

---

①赵振江.达里奥作品中的中国形象［J］.博览群书,2013(02):42-47.

奥在描述中国时同样也带有强烈的主观性和主观主义色彩。他从个人经验出发来看待中国社会和历史，但与此同时，他也能以一种客观中立的态度看待其他国家和民族与自己之间存在着联系与交往。因此，达里奥笔下的中国既是一个客观公正、实事求是之物，又是一个充满主观性、主观主义色彩之物。

总体而言，达里奥对中国形象的描述和想象是以一种"他者"态度来进行观察和思考的。在观察和思考问题时客观公正、不偏不倚，从而对世界和其他国家与民族存在着一种更为深入、准确的认识与理解。

（二）文化立场与审美趣味

在达里奥笔下，中国是一个地理概念，既包括中国大陆，也包括中国岛屿。他曾说："我对中国的概念是一个岛屿，而不是大陆或大陆国家。"①达里奥的文化立场表现为他对拉美文化的一种自信和肯定。作为一名来自西班牙的拉丁美洲作家，达里奥在作品中很少直接谈及拉美文化，而是更多地关注美洲本土的文化，尤其是与美国文化之间的关系。他曾说："我热爱美洲，我希望所有作家都能从我们自己的文化中得到启发，而不是仅仅从美国文学中汲取灵感。"他认为要创作出"为自己而写"的作品，就必须先了解自己所处的文化和世界文学。在达里奥眼中，中国人有两种形象：一种是"好人"，另一种是"坏人"。达里奥在作品中写道："如果你想成为一个中国人，你就必须拥有两种品质：诚实和善良。这就是我所说的两种品质。如果你不诚实，就无法在中国生存下去；如果你不善良，你就无法在中国生活下去。这就是为什么中国人必须做好人。"②达里奥笔下的"好人"与他本人在拉丁美洲国家担任过高官有关。他写道："我参加了许多次政治会议和其他会议。在这些会议上，我总是可以见到那些在政坛上拥有自己的私人势力或者权力地位的人……我见过一个官员——我称他为'总统先生'——他想要在拉美获得成功，而且他确实这么做了。"③达里奥笔下的"坏人"则是指那些不讲诚信、玩弄权术、欺骗别人或不能好好照顾家庭的人。达里奥笔下的中国人与他本人一样都有着善良、诚实和乐于助人等品质，但有部分人最终却沦为了"坏人"。在作品中，达里奥写道："我相信这就

---

①②③赵振江.达里奥作品中的中国形象［J］.博览群书，2013(02):42-47.

是为什么我认为'坏人'是指那些不讲诚信、玩弄权术、欺骗别人和不能好好照顾家庭的人。他们被称为'坏人'是因为他们已经不再相信别人……"①达里奥对中国人身上这种"好人"与"坏人"两种品质的描写都是基于他自身对于拉美文化和社会状况的理解，同时也体现出达里奥对中国形象所持有的独特审美趣味。

达里奥眼中的中国形象既有作为"他者"的中国人的形象，也有作为"异邦"的中国文化的形象，还有作为"异邦"关系中的中国与其他国家关系的形象。达里奥对东方文化、历史和中国与其他国家之间关系等问题的陌生，导致他将中国视为一个异于西方世界和东方世界、异于他所熟悉和了解的东方世界。这一建构是在达里奥对东方文化、历史和东方与西方关系等问题不熟悉、不了解的情况下进行的，带有强烈的自我身份认知和自我认知偏见，是一种建构中的建构，在很大程度上反映了中美洲国家在文化身份和文化认同上存在着危机。当然，达里奥等人眼中的中国形象是不客观、不全面、不真实和具有片面性的，但这一形象并不是客观存在的，而是一个"想象中的国家"。

第二节 帕斯笔下的中国情结

随着中国经济、文化实力的不断增强，中国与拉美国家之间的关系也越来越密切，越来越多的拉美国家开始接受中国的文化和思想。其中，墨西哥是受中美文化影响最大的国家之一。在墨西哥，对中国文化特别是中国诗歌、文学的研究，能够使墨西哥人民更加了解中国及中国文化，也能够更好地理解本国的文化及社会特点，从而致力于本国的发展。

墨西哥当代著名诗人奥克塔维奥·帕斯在20世纪80年代来到中国，在北京、上海、苏州、南京、杭州等城市旅行，并被中国的文化深深吸引，在他的诗歌创作中，中国元素使用频繁而又精妙。他以在中国多次旅行经历为素材，通过创造性转化和创新性发展后创作了著名诗歌《太阳石》，并在中国引起广泛关注。

---

① 赵振江. 达里奥作品中的中国形象 [J]. 博览群书, 2013 (02): 42-47.

帕斯的诗歌既有深刻的民族性，又有广泛的世界性；既有激情和想象，又有思考和见解；他将墨西哥的印第安传说与西方的现代文明融合在一起；他将叙事、抒情、明志、咏史、感时、议政等各种元素有机地结合，并不时融入东方宗教和玄学的闪光体，形成了独特的风格。在内容和形式上，帕斯超越了他的同辈诗人。帕斯的诗集《太阳石》被认为是他最伟大的作品之一。这部诗集融合了墨西哥的民族传说和西方现代文明，并将叙事、抒情、明志、咏史、感时、议政等各种元素巧妙地结合在一起，形成了独特的风格。

《太阳石》作于1957年，是帕斯的代表作之一，全诗共584行，结尾的6行不算在内，因为它们与开头的6行是重复的，完全一样，这样就形成了这首诗的环形结构，如同阿兹特克人的日历一样，周而复始，无穷无尽。太阳石是1790年在墨西哥城中心广场发现的阿兹特克人圆形石历，用整块玄武岩雕成，直径为3.58米，重约24吨。阿兹特克人将一年分为584天，这是金星绕太阳公转的时间。全诗的行数正好与这个数字相符。《太阳石》不仅展现了帕斯丰富的想象力和创造力，还通过诗歌表达了对生死、爱恨、历史现实、神话梦幻等主题的深刻思考。帕斯在他的作品中展示了对多种流派的驾驭能力，包括超现实主义、理想主义、存在主义、象征主义和结构主义等。他的诗歌既有深厚的民族性，又具备广泛的世界性。他的作品不仅在墨西哥文学界产生了深远影响，也在国际文坛上获得了广泛的赞誉。

一、帕斯的中国之旅

在帕斯看来，中国是一个充满希望和活力的国度。在20世纪80年代，中国迎来了改革开放的春天。中国在改革开放的道路上不断探索创新，以开放和包容的态度拥抱世界。在这样的背景下，帕斯看到了中国的文化和社会发生的巨大变化，并且深深地被中国文化所吸引。1982年，帕斯第二次访问中国。在此之前，他曾先后访问过北京、上海、苏州、南京、杭州等城市，被京剧表演中演员精湛的演技所吸引，并且被京剧中对女性形象的刻画所打动。《太阳石》是帕斯第三次访华期间创作的一首诗。当时正值改革开放初期，国内形势一片大好。在这种背景下，帕斯回到墨西哥后又马不停蹄地访问了中国。这次访华经历给帕斯留下了深刻印象。他对中国文化产生了浓厚兴趣，并且对中国产生了深厚感情。在他看来，中国是一个非常具有魅力的国家，这个国家的人民热情好客、开放包容。他还表示，虽然自己已经定居在墨西哥，但仍然非常喜欢中国的传统文化和历史遗迹。在他看来，这种深厚的文化底蕴不仅是墨西哥人民所需要的，更是全人类所需要的。因此，他希望有更多的墨西哥民众能够了解中国的文化和历史遗迹。正是因为对中国文化和历史遗迹的喜爱和向往，帕斯才会在诗歌创作中不断提到中国元素。

帕斯曾经到访西安，参加由西安外国语大学举办的"帕斯诗歌朗诵会"。活动期间，帕斯朗诵了他的代表作《太阳石》。当时《太阳石》的英文版已经在西安外国语大学校园内重新出版发行。此次活动中，帕斯接受了记者的深度访问，全面地阐述了他对中国文化和中国伟大诗人的"情有独钟"。因为受到东方文化的影响，所以，在他心中一直有个中国情结。在他的诗歌中，有很多像《一个人》《在中国》这样的关于中国的作品。这种情结源于儿时的帕斯便开始接触中国的历史和文化，更了解了很多中国诗人，于是，想要来中国看看的想法便在心中生根了。当帕斯如愿来到中国后，找到了许多同他一样喜欢李白和杜甫的知音。这两位唐朝伟大的诗人对帕斯的创作产生了深刻的影响。因此，他也翻译过他们很多的作品。此外，帕斯对余秀华、余华等中国当代优秀的诗人和作家也非常喜欢，并且认同他们的文学造诣。帕斯希望通过自己的中国之旅，通过他的诗歌朗诵会、诗歌作品交流等活动让更多人了解中国、诗人和中国文化。

二、《太阳石》的创作背景

帕斯在《太阳石》这首诗中写道："他站在中国的土地上，他站在古老的东方。我看着一块石头，它从泥土里生出来，它就是太阳。它把光芒洒向大地，将温暖带给万物。"从这首诗中我们可以看出，帕斯对中国文化的喜爱，以及对中国人民的真诚和热爱。作为一个拉丁美洲诗人，帕斯的文学创作一直深受拉丁美洲文学和西方文学的影响。他曾说过："在我的创作中，我一直在努力寻找拉美文学与西方文学之间的联系。"[①]《太阳石》正是帕斯对拉丁美洲文学传统和西方文学传统相互融合与吸收的结果，是其文化融合与

---

① 夏定冠.拉丁美洲文学在中国 [J].新疆大学学报（哲学社会科学版），1994（01）:8.

创新的结果。

"太阳石"这一意象，实际上就是帕斯对于故乡墨西哥的一种记忆和情感寄托，是帕斯对于家乡的思念，也是帕斯对于墨西哥人民的怀念。"太阳石"这一意象在中国文化中是一种精神寄托，也是一种文化基因。因此，帕斯在创作《太阳石》这首诗歌时，就把对墨西哥的思念寄托在了"太阳石"中。"太阳石"所承载的不仅是对墨西哥人民的思念，同时也是对墨西哥人民的赞美，因为"太阳石"所象征的就是墨西哥人民对于祖国墨西哥的热爱和赞美。通过帕斯的作品《太阳石》，我们能够体会到帕斯创作这首诗歌时所要表达的情感。所以，"太阳石"不仅是帕斯对祖国墨西哥的思念之情，更是他对祖国墨西哥人民真挚情感的表达。

帕斯出生于墨西哥，母亲是墨西哥人，父亲是西班牙人。他的童年是在墨西哥城度过的，后来又去了美国，最后又回到了墨西哥。从某种意义上来说，帕斯的一生都是在墨西哥度过的。墨西哥独特的民族文化和风俗习惯，以及古老文化传统都深深地影响着帕斯。他认为，拉美文学传统有很多地方值得学习和借鉴，而其中最重要的一点就是拉美民族文化传统中的宗教信仰，即宗教信仰是整个拉丁美洲文化传统中最重要的部分，也是拉丁美洲民族精神之源。正因如此，拉丁美洲文学传统不仅是文学创作之源，也是民族精神之源。因此，在他看来，学习和借鉴拉美民族文化传统有着非常重要的意义。

从中国古代的神话传说中我们可以看到，"太阳石"不仅是太阳神的化身，同时也是与太阳有着密切联系的神物，中国古代的神话传说中，经常会提到"太阳"这个元素，其中最有代表性的就是女娲娘娘的故事。在神话传说中，有一位拥有三条手臂和三条腿的仙女名叫"女娲"，她创造了人类，并使人类繁衍生息。同时，女娲还是一位美丽善良的女子，为了能够让人类过上幸福安定的生活，经常会来到人间帮助人类解决生活中所遇到的各种困难。所以，女娲娘娘也被称为"好姑娘"。为了感谢女娲娘娘的功绩，人们会用"石头"来表达对女娲娘娘的感激之情。所以，"太阳石"在中国文化中是一种具有独特象征意义的表达方式。

帕斯是一位十分热爱中国文化的诗人，他在自己的诗集中多次提到中国，并且经常把中国的一些地名、风俗等用诗的形式表达出来。帕斯对中国文化一直非常推崇，尤其是中国古代神话。他曾经在《中国诗歌》一文中提到："我对中国文化有一种特殊的感情。"从中我们可以看出诗人对中国文化的热爱和崇敬。

三、《太阳石》中的中国元素

《太阳石》一诗的开头，诗人先是介绍了中国古代神话中的太阳神石。他说："太阳是一块石头，它升起在东方的天空，又落向西方的大地。在东方，太阳是万物之神，是一切光明和力量的源泉。它可以驱走黑暗和寒冷，给世界带来光明和温暖。"诗人对中国文化的热情赞美之情溢于言表，这让读者感到他对中国文化的热爱，同时也感受到了诗人对中国文化的向往之情。诗中多次出现"太阳石"一词。"我凝视着石头，它那银色的表面反射出阳光；我凝视着它，它那银色的表面反射出光明"。诗人对中国文化中"太阳"这一意象进行了创造性转化和创新性发展，在诗中运用了大量中国古代神话传说中有关太阳的词语。比如"这颗金色的宝石是太阳之神；这颗金色的宝石是大地之神；这颗金色的宝石是光明之神"。"金色""太阳""大地之神"等词语是中国文化中关于太阳这一形象最经典、最具代表性的词语。在诗歌中频繁出现中国元素，体现了诗人对中国文化和中国精神深刻而独特的理解。在《太阳石》一诗中，诗人运用中国文化元素对其进行创造性转化和创新性发展后形成了自己独特的创作风格。他把中国传统文化与自己对世界、对生活、对人性等方面问题的思考结合起来，形成了独特而新颖的诗歌创作风格。

四、《太阳石》中的现代气息

帕斯在诗歌创作中，偏爱用"我"作为主人公，通过"我"去感受、去体验。帕斯曾经说过，他的诗就是用"我"来说话的。通过"我"来感受生活、体验生活，在《太阳石》中这句话同样适用："我爱太阳，如同爱我的母亲。""我"是一个中心词，这个中心词贯穿始终，就是帕斯的整个生命。从出生开始，"我"就注定了与太阳结缘。对于帕斯来说，太阳不仅仅是一个自然现象，更是一种力量。在他的诗歌中，太阳的意象贯穿始终，并与他的情感和思想融为一体。帕斯认为："没有太阳，就没有世界上所有的光明。"他曾说："在生活中没有任何事物能够比太阳更重要了。"这是帕斯对人生意义和价值的理解。无论是生活中还是诗歌创作中，太阳都是帕斯不可或缺的主题。在《太阳石》中，帕斯用了大量的比喻和象征手法来表达自己对中国文化的热爱和赞美之情。通过这些手法，诗人展现了中国文化与墨西哥文化之间紧密而又独特的关系。同时，我们可以看到，帕斯对于中国文化的热情，对于中国文化的推崇，甚至是对于中国文化的崇拜。作者将"太阳石"作为自己情感寄托和态度表达的重要载体，也正是因为作者在创作《太阳石》时的这种感情和态度表达，才使得我们在阅读这首诗歌时，能够感受到作者对中国文化的崇拜。帕斯不仅是墨西哥诗坛上的一颗璀璨明珠，也是中国诗歌发展史上浓墨重彩的一笔。读懂这首诗，就能读懂帕斯。在帕斯的眼中，中国是一个充满魅力和神奇之地，是一个充满生机和活力之地。

第三节 聂鲁达的中国抒情

一、聂鲁达的《诗歌总集》

聂鲁达是20世纪智利诗坛的一面旗帜，被誉为"智利诗歌之父"。2020年9月，《聂鲁达诗歌全集》的中译本由中国对外翻译出版公司出版，是中智两国建交以来最重要的一部作品。作为一位在中国翻译出版了大量作品的诗人，聂鲁达对中国有着深厚的感情，他不仅与中国结下了不解之缘，还在中国生活、学习和创作过。他在诗中所呈现的中国情结和他对中国诗歌的热爱，为我们了解和研究聂鲁达打开了一扇窗户。

作为20世纪诗坛上重要的代表诗人之一，聂鲁达对中国有着深厚的感情。在他的诗歌中，我们可以看到很多对中国文化、文学和社会的感悟与思考。他用"诗"这个特殊的文体表达自己对中国的喜爱和热爱，同时也用"诗"这个特殊的文体向世界讲述着"诗"这个特殊的故事。聂鲁达作品中所呈现出的"中国情结"主要体现在他对中国诗歌传统及现代诗歌发展的热爱，对中国文化和文学创作所产生的影响和对中智两国关系发展所做出的贡献。聂鲁达作品中所呈现出的"中国情结"是一个复杂而多元的问题，而聂鲁达本人则从一个特殊而复杂的视角阐释了这个问题，这对于我们了解和研究聂鲁达及其作品具有重要意义。

"中国诗"是对中国现代诗歌的称呼,也是对聂鲁达诗歌创作和翻译的一种统称。他在《诗歌总集》中写下的大量诗歌作品,包括短诗、长诗和短诗组诗,以及大量的翻译作品,都可以看作是中国诗歌在智利的传播。"中国诗"对聂鲁达的影响主要体现在:一方面,中国现代诗歌在智利广泛传播,激发了聂鲁达创作"中国诗"的热情。作为"智利诗歌之父",聂鲁达为中国现代诗歌在智利的传播做出了巨大贡献。他的作品不仅被翻译成多种文字出版,还被翻译成西班牙语、法语、英语等多种语言。在聂鲁达之前,除了少数几位诗人,其他诗人对中国现代诗歌了解甚少。"中国诗"成为聂鲁达作品中不可或缺的一部分。他不仅将"中国诗"翻译成多种语言并广泛传播,还积极地将自己对中国现代诗歌的理解融入其中,创作了大量以"中国诗"为主题的作品;另一方面,聂鲁达还深受"中国诗"的影响,创作了一系列以"中国诗"为主题的诗歌。这些诗歌并不是简单地翻译成其他语言,而是融入了自己对"中国诗"的理解。写出了一系列富有浓郁中国情感的诗歌作品。

作为一位在中国生活了很长时间的诗人,中国传统文化对聂鲁达来说是一个可以"看见"的东西,他可以通过对中国传统文化的了解,来展现自己独特的审美视角。聂鲁达对中国传统文化有着深入的了解,并将中国传统文化中的意象融入了诗歌创作中。比如《红石榴》一诗中写道:"这是一个长着石榴花的果园。这里有你喜爱的颜色和香味,还有你不能错过的香气……"① 这首诗所运用的就是中国古典诗歌中经常出现的意象。石榴是我国传统文化中一个重要意象,聂鲁达在这首诗中把石榴花作为中国传统文化中具有代表性的意象,使读者产生了一种对"美"与"爱"共同追求与向往的感受。而在《红绸》这首诗中,聂鲁达则使用了"月亮"这个经常出现在我国古代诗歌中的意象。由此可见,聂鲁达对中国古典文化是非常了解的,所以才能够在自己的诗歌创作中自如地使用这样的抒情表达方式。

在聂鲁达的作品中,中国诗歌与智利诗歌是和谐统一、相得益彰的。他的诗中既有对中国文化和历史的介绍,又有对中国社会生活的描绘,还有对

---

① (智利)巴勃罗·聂鲁达.聂鲁达诗文集 [M].袁水拍,译.北京:人民文学出版社,1953:81-88.

中智两国之间友好关系的歌颂。他以独特的视角和手法，将中国文化与智利文化进行了有机融合。正如诗人所说："在我看来，所有关于智利文化与中国文化的争论都是没有意义的，因为我们应该保持自己国家文化的独特性。"在《诗歌总集》中，聂鲁达用诗歌为中国抒情，为墨西哥人民展示了一个真实、立体、多元的中国，我们也可以看到聂鲁达对中国文化、对中国人民以及中智两国间友好关系所抱有的浓厚兴趣。

二、作品《二十首情诗和一支绝望的歌》的中国抒情

20世纪50年代末和60年代初，一股"聂鲁达热"席卷了智利文坛。聂鲁达的作品在中国出版后，也备受读者喜爱。尤其是他的代表作《二十首情诗和一支绝望的歌》，更是中国读者和诗歌爱好者非常熟悉和喜爱的一部作品。这首长诗共分四个部分：《二十首情诗》《在旅途上》《我为什么写诗》和《在另一种存在》。这些诗歌语言简练、情感真挚、诗意浓郁、内容丰富。聂鲁达用他那独特而富有穿透力的笔触，将一个个有血有肉、有爱有恨的人物形象，描绘得栩栩如生。

《二十首情诗》是一部历史长诗，主要讲述1863—1940年间智利聂鲁达与其情人玛格丽特·博塔、费尔南多的爱情故事。这部长诗中，聂鲁达既没有用抒情的笔触，也没有用抒情的方式来描述自己对爱情的感受，而是将这些感受和思考以一种"中国抒情"的方式，融入其诗歌中。在《二十首情诗》所描写的这些爱情故事中，聂鲁达采用了"咏物"手法，这种叙述手法在中国古典诗歌中是十分常见的。比如《饮马长城窟行》中"青青河畔草，绵绵思远道。远道不可思，宿昔梦见之"、《思帝乡·春日游》中"妾拟将身嫁与一生休"、《明月上高楼》中"愿为西南风，长逝入君怀"等诗句。这些诗句中所涉及的景物、事物都与爱情故事之间产生了一种奇妙又密不可分的关系，也成了聂鲁达创作的源泉，被应用到作品中。以他的作品《漫歌》为例，全诗分为十五章，共二百四十八篇诗作。从美洲对人的召唤：第一章《大地上的灯》象征着人的潜意识，一直写到作者作为战士和诗人的责任，即最后一章《我自己》，其中包括对"征服者"的描述，对"解放者"的颂唱。聂鲁达在《二十首情诗》中大量地运用这种咏物手法，并且运用得非常成功，达到了出神入化的效果。

《在另一种存在》是《二十首情诗和一支绝望的歌》中的最后一首，也是这首长诗中最重要、最动人的一首。聂鲁达用简练、单纯、质朴的语言，写出了"我"对大自然、对祖国和人民的热爱、对妻子和儿女的爱，以及对诗歌创作的热爱。在《在另一种存在》中，他把自己的一生都献给了诗歌。诗歌中的"我"是一个孤独、贫穷而又富有活力的人。"我"的身边有很多朋友，却又总是孤身一人。"我"喜欢把自己关在家里，静静地思考，也喜欢独自去旅行，去欣赏大自然中那如诗如画的风景。"我"喜欢看书，常常在灯光下阅读到深夜，还喜欢安静地听音乐，特别是那些抒情歌曲。同时，"我"偶尔像一条鱼一样，游过大海；又像一片树叶一样，落在了地上；还像一个人一样，从一个地方来到了另一个地方；"我"可以像一棵树一样，生长在土地上；也可以像一朵花一样，绽放在春天里。"我"不停地寻找着自己的诗歌之路。聂鲁达喜欢在旅途中写诗，把旅途中遇到的人和事写进诗里。

中国诗歌对聂鲁达影响不仅仅体现在他能够写下的那些脍炙人口的诗歌，还表现在他通过阅读中国诗歌之后内心受到的触动和产生的感悟，在《二十首情诗和一支绝望的歌》的创作中体现得淋漓尽致。比如《在旅途上》这首诗，聂鲁达这样写道：

> 我们正在旅途上，
>
> 我们不知道要走向何方；
>
> 我们不知道前方有什么？
>
> 也不知道我们将会遇见什么？
>
> 但是我们知道，
>
> 只有那远方才有真实的希望。[①]

这首诗中的"远方"也是聂鲁达所向往和追求的地方。他把中国诗歌中所描绘的远方描述得十分形象、具体、生动，为读者展现了一个充满希望和梦想的世界。而在《在另一种存在》这首诗中，聂鲁达不仅将中国诗歌中那些具有现实意义和哲理意义的句子运用到作品中，还对它们进行了新编和改写，使得《二十首情诗和一支绝望的歌》在诗歌形式上更加丰富、新颖和多样。

---

① （智利）巴勃罗·聂鲁达.聂鲁达诗文集 [M].袁水拍，译.北京：人民文学出版社，1953：98-99.

聂鲁达在阅读中逐渐走进中国诗歌的世界，对人生和情感都产生了更深刻的认识和感悟，所以，也才会有富有诗意、充满哲理和象征意义的《二十首情诗和一支绝望的歌》的诞生。

在《二十首情诗和一支绝望的歌》这部作品中，聂鲁达运用了中国古典诗歌的艺术手法，通过将中国诗歌艺术与西班牙古典诗歌艺术进行完美结合，达到了诗歌与音乐完美融合的效果。整首诗既是聂鲁达的爱情诗，也是一首绝望之歌。聂鲁达在整首诗中运用了大量的中国式的修辞手法来塑造出不同的意境，使整篇诗歌意境高远、浪漫而又不失典雅。

在其作品中，聂鲁达采用了大量的排比句式，通过对排比句式的应用，使诗歌的感染力和艺术表现力得到充分体现。这些排比句式的使用不仅增强了诗歌的气势，还使诗歌读起来更加流畅、生动，更使诗歌读起来更加优美、动听，最终呈现出作品的整齐美。比如"在爱你的日子里，我像一只倦鸟"，诗人运用排比句式，将"我"与"你"进行排比，增强了诗歌的气势的同时，又使诗歌读起来朗朗上口、自然流畅。此外，聂鲁达还将排比与双关语相结合。聂鲁达还运用了大量的对偶句式，对偶句式的使用可以使诗歌读起来工整，具有音乐美。

聂鲁达运用比喻、拟人等修辞手法，将现实世界与梦幻世界进行了完美的结合。比如聂鲁达通过把"我"比作一只美丽的蝴蝶，将现实与梦幻进行完美融合，突出了诗歌意境，使整首诗更加唯美。聂鲁达在作品中还运用了拟人的修辞手法，通过将现实世界中"我"与梦幻世界中"我"进行类比，表现其对爱情与梦幻之间不平等关系的不满。

聂鲁达是一位具有强烈主观意识的诗人，他认为诗歌是表达个人情感的最佳方式。聂鲁达将自己内心对爱情的感受与对生命的思考融入诗歌中，不仅大量使用优美、婉转、华丽、浪漫又充满想象力的语言表达，还用音乐来表达内心对爱情、生命、死亡等问题的思考，因此，他的诗歌总是带有强烈的情感色彩，其艺术魅力更是呼之欲出。在《二十首情诗和一支绝望的歌》中，聂鲁达将中国古代音乐中的五音六律与西班牙古典诗歌艺术进行融合，用五音描绘出爱情与生命中的美好与痛苦，用六律来表达出死亡与绝望，用七音来表现出爱与生命中的美好与幸福。中国古代音乐艺术与西班牙古典诗歌艺术的完美结合，使其作品更加具有美感。

作品中，聂鲁达采用大量的反复句子来渲染气氛，使整部作品既有浓厚的中国抒情氛围，又有浓郁的西班牙抒情风格，从而增强了整首诗歌的张力和感染力。

1954年，智利圣地亚哥纳西门多出版社为聂鲁达出版的诗集《葡萄和风》中，收录了组诗《亚细亚的风》，共9首，全都是歌唱中国的。这些诗的灵感，来自诗人1951年的中国之行。此行他跟苏联作家爱伦堡一起，来到中国为宋庆龄女士颁发列宁和平奖。《亚细亚的风》充满了聂鲁达对新生的社会主义中国热烈而美好的情感。在《飞向太阳》一诗中，他用"橙黄色的""绿色的"来描写北京。他还用"巨人"来形容新中国："他的脸上容光焕发，展开一个微笑，像风吹拂麦浪似的荡漾，……"从这样的诗歌语言中，我们看到了聂鲁达新中国充满着明朗、灿烂的色彩，代表着平等、自由、和平与希望。

在《中国》一诗中，他将过去西方人眼中的中国比喻为一个满脸皱纹的老妇，她遭受无穷无尽的贫困的折磨，拿着一只空饭碗站在一个庙门口。由于遭受冒险家的掠夺与剥削，中国人民在苦难中挣扎。诗中写道："你是睡着，作着沉沉的梦，永远不醒。你是那'神秘之国'，无法理解，深奥玄妙。"在接下来的《长征》《巨人》《麦穗献给你》这几首诗中，诗人描绘了一个全新的中国："你的形象再也不是古庙旁的一个贫苦的妇女，而是一个强壮的为人民所热爱的战士，一手握着胜利的武器，一手怀抱一束新月形的谷穗……"这样的新旧对比，产生了强烈的反差，更增添了诗人对新中国的向往之情。此外，在聂鲁达的诗意书写中，新中国形象也是在他对自然与人的感悟中建立起来的。在这些诗行中，他让我们感受到一个活生生的中国，一个与"路上的尘土和河里的流水"拥抱的中国：

你给世界带来一缕奇怪的芬芳，

茶与灰烬混合的芳香。

此时，你拿着空盘站在庙门口，

用你苍老的眼神注视着我们。

正是在这样的充满灵动的生命气息的诗歌语言中，聂鲁达完成了自然与人的观照，他的诗歌是对中国和中国人民自然情感的流露。

第四章
当今西班牙及西班牙语
美洲文学中的中国元素

第一节 当今西班牙文学中的中国元素

一、孔德笔下的中国元素

卡门·孔德是西班牙知名诗人、汉学家和有着"西班牙李清照"之称的翻译家。从年龄上来说，卡门·孔德属于"二七年一代"，是战后较有影响的西班牙女诗人，曾参与多种文学杂志的编辑工作。除了诗歌（主要是散文诗）外，孔德也创作小说、杂文和文学评论。她的诗歌作品主要有《井栏》《语言的激情》《对恩赐的渴望》《没有伊甸园的女人》《被照亮的土地》《女儿的独白》《在逃亡者的世界》《在永恒的此岸》《恋人的歌》《与生命的约会》等。孔德的诗歌作品如同一幅幅细腻的画卷，既描绘出了她心中的中国形象，又展现了中国文化的丰富内涵和独特魅力，还充满了她对中国人民的热爱和对中国文化的敬仰。她赞美中国古老的文化传统，也赞美中国人民的勤劳和智慧。在她的笔下，中国的历史和文化被赋予了新的生命，仿佛在向世人诉说着古老的故事。她的最后一部诗集是《在中国的美好日子》，记述了当时的中国给她留下的美好印象。

孔德于1976年来到中国，诗歌创作的灵感瞬间被这片历史悠久的土地所激发。从北京的故宫到长城，从南京的博物馆到杭州的灵隐寺，每一处风景都给她留下了深刻的印象。在她的诗中，我们仿佛可以看到那巍峨的长城、庄严的故宫、古老的南京城墙，以及那宁静的杭州乡村。1985 年， 她 在 马德里出版了诗集《在中国的美好日子》，其中包括16首诗，题目分别为《北京》、《长城归来》、《博物馆》（南京）、《孩子》（上海）、《杭州》（梅家坞）、《灵隐寺》、《泛舟西子湖》、《旅途》（广州至香港）、《南京》、《这就是紫禁城》、《Fu—Tong—Sheng》、《从北京到南京》、《对比》、《少年宫》、《漫步街头》和《记忆》。在这些作品中，她用诗的语言描绘了中国的山川、河流、湖泊和大海，表达了她对神秘东方的自然景观的赞美。在她看来，中国自然景观具有一种神奇的力量，可以治愈人们内心的创伤。

孔德的诗歌展现了中国文化的丰富内涵和独特魅力，给中国古老的历史、丰富的文化、美丽的风景和神奇的治愈力量赋予了新的生命。她以细腻的笔触深入探索了中国文化的灵魂，用充满激情的诗歌表达了对中国人民的敬仰和热爱，展现了她对万物生命和人类命运的深刻思索。可以说，孔德的诗歌作品是她心灵的旅行记录，也是她内心世界的真实写照。这些诗歌作品展现了孔德深厚的文化底蕴和卓越的文学才华，是中西文化交流的璀璨瑰宝。作为一个西班牙女诗人，孔德用她的诗歌打开世界认识中国的窗口。通过孔德的诗歌，可以让世界更加深入地了解中国。她的诗歌作品具有极高的文学价值，将会永远铭刻在文学殿堂上，成为中西文化交流的重要桥梁。

二、马特奥斯笔下的中国元素

何塞·克雷多尔-马特奥斯是巴塞罗那诗人，曾任"埃斯帕萨"百科全书副刊主编、《建筑与城市规划手册》主编、巴塞罗那建筑学院艺术顾问、加泰罗尼亚语大百科全书主编，《命运》《胜利》《改革16》等杂志艺术评论员，卡塔卢尼亚艺术家协会创始人、首届会长，并曾任加卡塔尼亚作家协会主席。马特奥斯发表诗集15部，后来汇编成《诗集1951—1975年》（1981年）和《诗集1970—1994年》（2000年），离我们比较近的两部诗集是《无知先生》（2004年）和《花园中的游鱼》（2007年）。他的诗歌短小精悍、意境深邃，与中国古诗有着异曲同工之妙。比如在诗作《致李白的信》中，他运用了大量的中国元素，如山水、墨画、酒等，表达了对李白诗歌的敬仰和向往。

马特奥斯对中国文化的热爱和尊重，使其作品充满了中国元素，展现出其对异域文化的独特见解和深厚感情。他曾深入了解中国传统文化、历史和哲学等，这些都深深影响了他的人生观和价值观。在他看来，中国元素不仅仅是文化符号、文化体验，更是精神追求。他经常会在创作中巧妙地融入中国元素，让这些中国元素在自己的作品中肆意跳动，并与巴塞罗那诗歌风格完美融合，为自己的诗歌注入新的生命力。这些元素不仅丰富了作品的内容，更使得作品具有了独特的艺术魅力。

另外，马特奥斯非常热爱中国古典诗歌，并将对李白等中国诗人的敬仰和热爱倾注于作品中。1975年他出版了一部题为《致李白的信》的诗集。"为了写一首诗我使自己服刑，可诗并未作成。原来我忘了古圣贤们的话，于是便受惩罚。现在我只想让太阳更低地照到阳台上。白昼已很漫长，做什么都有时间，只要没有奢望。"①

2008年8月，马特奥斯应邀来华出席了青海湖国际诗歌节，其间他朗诵了自己的诗作并作了题为"论诗歌的本性"的学术报告。在学术报告中他说："看似将一切文化和所有时代的诗歌的不同表现区分开的东西不是诗歌，而是包围着它的东西：历史背景、文化关联、形式、言辞、面具。那么让我们的注意力集中在最本质的东西上，这样才能发现，我们所吟唱的不同的诗歌其实都是同一首诗。在这一点上，作为远方的来客，我们能从这么多异彩纷呈的事件中，从这个伟大国度所云集的大师身上学到很多东西。"②可见，马特奥斯的中国元素不仅仅表现在他的诗歌创作中，还表现在他的生活态度和处事原则上。比如他的家中摆满了中国艺术品，他喜欢穿中国传统的服饰，喜欢品尝中国美食等。

三、费雷洛笔下的中国元素

赫苏斯·费雷洛是一位深受中国文化影响的西班牙诗人，他用细腻的笔触，为我们描绘出一幅幅充满中国元素的文学画卷。他的诗歌中既有西方表现的精髓，又融合了中国文化的元素，逐渐形成了他独特的创作魅力。在费雷洛的诗歌中所融入的大量的中国元素不仅是表面的描绘，更是一种深入骨髓的体验和理解。他以道家思想为底蕴，将中国文化展现得淋漓尽致。读者在阅读他的作品时，仿佛可以感受到那浓郁的中国文化气息，仿佛置身于古老而神秘的东方世界中。

1986年，费雷洛出版了一本名为《黄河》的诗集。这本诗集不仅封面设计得极具中国特色，展现了诗人对中国文化的了解和敬意，其中的诗歌作品

---

①谌达摩.世界文坛 [M].北京:经济日报出版社,2010:82.
②谌达摩.世界文坛 [M].北京:经济日报出版社,2010:83.

更是以时间为主题，讲述了充满中国文化元素的故事。诸如《李白与王子们》《中国的古老神话》《一位妃子的自白》等作品都是费雷洛通过西方诗歌创作的技巧和形式来表达中国文化的内涵和寓意。这种表达方式既不刻意地迎合中国文化，也不陷入刻板印象的陷阱，而是以一种平等、尊重的态度对待中国文化，用诗歌的语言将之呈现给西方读者。费雷洛的《黄河》选择用西方诗歌的表现形式来讲述中国故事，不仅仅是为了能够让西方读者更好地理解和欣赏中国文化的魅力，还是对中国博大精深的文化的一种肯定。他肯定了中国文化对人类文明的启迪和引领，肯定其在人类文明发展过程中所做出的贡献。费雷洛的诗歌用独特的方式融合了中西文化，使得这本诗集获得了巨大的成功。在短短的一年之内，该诗集就印刷了4次，深受读者好评。

四、女诗人笔下的中国《周易》元素

在文学广袤的海洋中，诗歌犹如一艘古老的船只，承载着思想、情感和哲学观念。在这艘充满岁月痕迹的船上，中国《周易》元素成为一种独特的符号，以其深邃的内涵，为诗歌注入新的活力。来自西班牙的女诗人碧拉尔·贡萨莱斯·埃斯帕尼亚，以其独特的诗歌语言诠释了《周易》的精髓，将诗歌与哲学的完美结合展现得淋漓尽致。埃斯帕尼亚不仅是一位才华横溢的诗人，还是一位中国语言文学教授。她的诗歌中充满了哲学韵味和深邃意境，这得益于她对《周易》的深入理解和独特诠释。1997年，她出版了《变化》诗集，以诗歌的形式表达了自己对《易经》六十四卦的诠释，让读者感受到一种独特的哲学思考和人生感悟。

在她的诗集中，第四卦"蒙"（青春的荒唐）描绘了青春时期的困惑和迷茫。通过自问自答的方式，诗人表达了对自我认知的渴望和对人生意义的探寻。她不仅描绘了青春的荒唐，也意识到自身的浅薄，并用诗歌来证实自己的浅薄。这种自我认知和对青春的描绘，让人们深刻感受到诗人的内心世界和对人生的思考。诗集中对"变化"的诠释，如同《周易》中"变则通，通则久"的思想，表达了世间万物时刻都在变化，只有顺应变化才能长久存留的主题。另外，埃斯帕尼亚还将《周易》的思想通过描绘自然现象、人生经历等元素融入诗歌中，使其充满了中国文化的气息。

在埃斯帕尼亚的诗歌中，《周易》元素不仅仅是一种象征和隐喻，更是

一种深入骨髓的哲学观念。她以自己独特的视角和诗歌语言，诠释了《周易》中的阴阳五行、八卦等思想。除了对《周易》的理解和表达外，埃斯帕尼亚还以细腻的情感和独特的视角，描绘了人生的喜怒哀乐和悲欢离合，以此表达对生命、死亡、爱情、友情等主题的思考和探讨。这也是她的诗歌具有了广泛的社会意义和人文价值的原因所在。

不仅碧拉尔·贡萨莱斯·埃斯帕尼亚的诗歌作品巧妙地运用了《周易》元素，西班牙女诗人米拉格洛斯·萨尔瓦多和葛罗丽娅·利玛也联手创作了以《易经》的六十四卦为灵感，各自以奇数和偶数为创作主题的诗集《龙与月》。这部诗集展现了对《易经》的深度理解和感悟，后来被译成中文，并自费出版，赠予中国诗歌界的朋友和高校学习西班牙语的师生。

1. 乾：创造

我发现了你

放眼望

蓝色最耀眼的地方，

我重复你的名字，

我将你称作"阳"。

你是心灵从万物中繁衍的力量，

并以光的名义

升抵双倍的天，这是强者

至高无上的形象，

拥抱万物的始和终的圆，

无论它清晰还是渺茫，

离开了你的脉搏

一切都会消亡。

（米拉格洛斯·萨尔瓦多）

2. 坤：承受

揭示你的目的

在北方的沼泽中，

月亮用自己的泪水

开辟了路径，

看到两匹母马，马群在吃草，

向林边驰骋。

它们在寻觅，想知道谁让它们聚拢。

"当我们的核心默不作声，

我们不能将神谕履行，

我们是阳还是阴？"

"这无足轻重：

只要我们在看，在听，在流动，

我们就不再是阴，

在那干枯的草丛中。"

（葛罗丽娅·利玛）

以上三位女诗人的创作让读者看到了《周易》的独特魅力和它对不同文化和背景的人产生的影响。她们的作品无疑是对《周易》的另一种诠释和理解。在她们的笔下，《周易》不再是高深莫测的玄学，而是充满生活气息和情感色彩的诗歌灵感来源。她们以女性的细腻和敏锐，描绘了《周易》中的卦象和爻辞，展现了其哲学思想和人生智慧。尽管来自不同的国度，但她们都深入研究并理解了《周易》，并将其融入自己的诗歌创作中。这不仅体现了《周易》在全世界范围内的普世价值，更展现了诗歌作为文化交流桥梁的重要作用。《周易》流传至今已有近三千年的历史，形成了一个庞大的易学体系。其中现存的《周易》对中华文化的发展产生了巨大影响，堪称中华学术史上的一座丰碑。我们不能要求一位西班牙诗人对《周易》的卦爻作出准确的参悟。但是，从以上三位女诗人的诗作可以看出，她们对《周易》是了解的，是进行过研究的，她们的创作是有基础的。她们的创作不仅是对中国文化的研究和探索，更是对人类智慧和美的追求。在欣赏这些诗歌的同时，也能感受到中国文化的博大精深。

同时，当西班牙两位女诗人的作品被翻译成中文，并在中国出版发行，这本身就是一种跨文化交流的实践。这部诗集不仅是对中西文化交流的一次尝试，更是促进中西文化交流的重要体现。此外，三位女诗人的创作将对《周易》的研究与对诗歌艺术的追求紧密地联系在一起，为学术研究提供了新的视角和思路。这些诗作不仅展示了《周易》的魅力而且展示了对不同文化和背景的人产生的影响。

第二节 当代西班牙语美洲文学中的中国元素

一、达里奥笔下的中国元素

在横跨大海的遥远西班牙语美洲大陆，文学犹如一颗璀璨的明珠，其中闪耀着千年的文化积淀。在这片神奇的土地上，中国意象成为众多作家笔下灵感的源泉。拉美现代主义文学的先驱之一，尼加拉瓜作家鲁文·达里奥，便以独特的视角和细腻的笔触，将中国意象融入其文学创作中。达里奥的作品中，中国意象如同一面镜子，折射出其对东方异域情怀的迷恋。在脍炙人口的长诗《神游》中，他以"异国的情意缠绵"开篇，表达了对东方的向往与热爱。他描绘的中国意象生动而形象，如同梦境般令人陶醉。这些赞美与向往如同清澈的溪流，穿越时空的隔阂，将东西方的文化与情感紧密相连。在他笔下的中国元素总是充满东方特有的神秘主义。对其文化内涵的形容也表现出了一种文艺范的谦卑，比如在形容中国文化的时候，会使用"包罗万象，博学而又神秘"的字眼。但是由于中西文化的差异，作者在不断了解中国文化的过程中，也总是将中国描绘得如同"云和海洋"，又或者"泡沫和波浪"。

在达里奥的诗篇中，中国不再只是一个遥不可及的异域符号，而是成为他内心深处的情感寄托和审美追求。他巧妙地运用"瓷瓶""丝绸""锦缎""黄金"等富有中国特色的元素，构建出一个充满神秘色彩的东方意象。这些词汇不仅仅是描绘物品或场景的符号，更是承载着深厚的文化内涵和情感价值。它们在达里奥的诗中流转，仿佛带领我们穿越时空的隧道，亲身体验那份对东方的无尽痴迷与向往。在《神游》这首诗中，达里奥巧妙地化身为法国唯美主义诗人泰奥菲尔·戈蒂耶，以炽热的情感向中国公主表达着爱意。他赞美她的绫罗绸缎，倾诉着对她的痴情。通过他的生花妙笔，那些富有中国特色的元素，如"琉璃宝塔""茶盅""神龟""蟠龙"，以及春色满溢的稻田，都变得栩栩如生。我们仿佛能够看见那琉璃宝塔在阳光下熠熠生辉，听见茶盅中轻轻荡漾的茶声，感受到那份浓烈的情感在心中激荡。达里奥对于中国元素的运用不仅仅停留在表面的描绘上，更是深入到文化内涵的层面。他敏锐地捕捉到中国文化的独特魅力，并将其与自己的创作完美地融合在一起。他的诗歌中流淌着中国文化的血液，从审美观念、哲学思想到生活习俗，都深受中国文化的影响。这种深度的文化交融使得达里奥的作品独具魅力。达里奥笔下的中国元素不仅仅是对异国风情的猎奇描绘，更是对人类共通情感的深刻挖掘。无论是对于爱情的渴望、对于美的追求还是对于生命意义的探索，达里奥都能在中国元素中找到共鸣。这种跨越国界的情感共鸣使得他的作品具有更广泛的传播力和影响力。不难看出，在其笔下，中国的文化呈现出了一种不可捉摸、不可触碰的疏离感。但是这种疏离感在遇到具体事物的时候，又会变得格外具象化。然而这种具象化，通常不会出现在他的诗歌当中，反而大量体现在作者的其他类型作品里。

除了诗歌外，达里奥的小说和散文中也屡见优美高雅的中国形象。他细致地描绘了枝形吊灯的光芒在金器、大理石雕像以及中国古瓷上欢快地荡漾。面对一尊兼具艺术美与自然美的人物半身瓷像，作家表达出对精美绝伦的东方工艺的喜爱。这些描绘都展现了他对东方文化的深入了解和敏锐感知。对于绝大多数的西方作家而言，想要真正深入了解中国，其本身就存在一定的难度。这种难度不仅体现在时间和空间的距离上，文化圈层的理念差异才是最为核心的问题。

二、帕斯作品中的中国诗歌

在浩瀚的文学海洋中，诺贝尔文学奖得主、墨西哥诗人奥克塔维奥·帕斯以其深邃的中国文化理解力和独特的诗歌风格，为世人描绘了一幅幅中国意境的美丽画卷。他的诗歌作品不仅传达出对庄子、李白、杜甫、王维、苏东坡等中国古典诗人的热爱，更在东西方文化交融中找到了独特的诗歌灵感。

帕斯是拉美诗坛最早与中国文化产生联结的诗人之一。他对中国古典诗歌的意境有着深深的倾慕，不仅将众多中国诗人的作品翻译成西班牙语，更在自身的诗歌创作中融入了中国古典诗歌的元素，使得其作品呈现出一种别具一格的美学风貌。在帕斯的《借鉴》一诗中，巧妙地借用"庄周梦蝶"的传说，描绘出一幅充满哲学思考的诗意画面："蝴蝶在汽车间飞舞／玛丽·何塞对我说：一定是庄子／从纽约经过。但是蝴蝶／不知道自己是梦想／成为庄子的蝴蝶／还是梦想／成为蝴蝶的庄子／蝴蝶毫不迟疑，继续向前飞去"在这首诗中，帕斯通过对蝴蝶和庄子的联想，引导读者对现实与梦境、生命变化与不确定性，以及存在与消逝进行深入的哲学思考。

当帕斯结束多年的外交生涯和国外旅居生活，回到家乡墨西哥城时，他对王维因壮志难酬而归隐山林的愤懑有着深深的共鸣。他借用王维诗作《酬张少府》中的意象写下了长诗《回归》："渔夫的歌飘荡在静止的岸边，王维酬答张少府，在其湖心的茅庵中，然而我却不愿在圣安赫尔或科约阿坎有个智者隐士的居所。"①在这首诗中，帕斯借由王维的人生经历，表达出自己与中国诗人在相似境遇下的心境与哲思。帕斯笔下的中国意境并非简单的文化挪用，而是他对中国文化的深入理解和个人情感体验的独特结合。在帕斯的诗歌中，我们不仅可以感受到他对中国意境的理解和欣赏，更能看到他在东西方文化交融中找到的独特诗歌灵感和深刻哲学思考。作为一位享有盛誉的诗人，帕斯的诗歌作品不仅具有文学价值，更具有深刻的思想内涵。他通过描绘中国意境，传递出对人类生命、存在和命运的深刻思考。

三、聂鲁达笔下的中国情愫

在南美洲的智利，有一位诗人照亮了整个文学世界，他就是巴勃罗·聂鲁达。他的诗歌作品中，流淌着对中国的深厚情感。他三次踏上中国土地，用诗篇记录下了亲眼见证的中国的发展与变化。聂鲁达与中国的深厚渊源不仅体现在他与中国大地的亲近，更体现在他与中国人的深厚友谊。

在聂鲁达诗歌中，中国人民永远都是大无畏精神的代表，充满了奋斗与不甘的形象。他以浓墨重彩的方式赞美了中国人民的团结精神，歌颂了他们的英勇与坚韧。在《新中国之歌》中，他写道："胜利的共和国，伸出你的手臂拥抱整个国土，为你的永久和平奠基！" 这不仅是对新中国的祝福，更是对中国人民不屈不挠精神的赞扬。聂鲁达的诗歌中经常出现"巨龙"这一形象。在中国文化中，"龙"是吉祥、力量和繁荣的象征。在聂鲁达的笔下，

① （墨西哥）奥克塔维奥·帕斯.太阳石[M].赵振江，译.北京:北京燕山出版社，2014:72-73.

"巨龙"成为中国的代名词，代表了中国的强大与崛起。他赞美中国的山峦如堡垒般坚不可摧，江河如巨龙般奔腾不息，峭壁如将军般威武不屈。这些描绘不仅展现了中国的壮丽景色，更体现了中国人的精神风貌。

除了自然景观，聂鲁达还关注到中国的历史与文化。他对中国古老的文明和丰富的文化遗产表示出极大的敬意。聂鲁达与中国诗人的深厚友谊也是他作品中的一大亮点。他与众多中国诗人交流诗歌与理想，分享彼此的喜悦和忧虑。这种跨文化的交流不仅加深了他对中国的了解，也使他的诗歌创作受到中国文化的影响。他写下了一首名为《中国大地之歌》的诗歌，歌颂了中国的大地之美和人民的英勇精神。更为重要的是，聂鲁达对中国的革命历程充满了敬意，并有着深入的了解和关注，对中国社会的进步感到由衷的欣慰。在他的诗歌中，我们不难发现他对中国革命的赞扬和对中国未来的美好祝愿。他感叹中国的新生与可喜的变化，为中国社会道德风气澄明清澈而感到欢欣鼓舞。巴勃罗·聂鲁达的诗歌作品，以其独特的视角和深情的笔触描绘了中国这一遥远而神秘的国家。

聂鲁达逝世后，为了纪念他对中国人民的友好情感和对世界诗歌的卓越贡献，我国设立了聂鲁达基金会和聂鲁达诗歌奖。旨在推广聂鲁达的精神和诗歌理念，激励更多的人关注和支持世界文化的发展。今天，当读到聂鲁达的诗歌时，我们仍然能够感受到他对中国的热爱与敬意。他的诗歌作品不仅让我们欣赏到了中国大地的美丽和人民的英勇精神，更让我们思考着如何为创造一个美好的世界而贡献自己的力量。

四、艾拉笔下全球化的中国形象

在过去的几年里，拉美作家对中国的描述发生了深刻的变化。他们不再满足于简单地描绘中国，而是开始深入探索中国的文化、历史和现实。这种变化的原因之一是拉丁美洲与中国之间的友好关系日益加强，另一个原因是中国在世界舞台上的国际地位不断提高。在这股新的中国热潮中，阿根廷作家塞萨尔·艾拉以其独特的视角和深厚的文化底蕴脱颖而出。他被视为继博尔赫斯之后最具创新意识的拉美现当代小说家之一，其作品展现了他对中国和东方文化的浓厚兴趣。

在小说《弹子游戏》中，艾拉以阿根廷首都布宜诺斯艾利斯的一家蓬勃发展的中国超市为背景，讲述了一个关于理解、友谊和转变的故事。主人公是一个失意的阿根廷人，他在中国超市购物付款时，由于华人收银员没有足够零钱，只能拿些廉价小物件代替。当他走出超市时，那些原本他认为毫无用处的物品却为他开启了神奇的冒险之旅。在这个过程中，他对这些物品的认识逐渐改变，他与收银员结下了深厚的友谊。这个故事不仅展示了全球化时代中国在世界舞台的角色转变，还揭示了中国与其他国家和文化之间的深入交流和互动。艾拉通过这个故事表达了他对中国的理解和钦佩。他认为，中国的发展和变化并不是简单的经济崛起，而是一种文化和精神的崛起。中国的经济、文化和科技实力不断增强，成为全世界舞台上不可忽视的力量。同时，艾拉也表达了他对全球化时代的思考。同时，在艾拉看来，全球化不仅是一种经济现象，更是一种文化现象。在全球化的过程中，不同文化和国家之间的交流和互动是不可避免的。这种交流和互动不仅可以促进经济发展和社会进步，还可以促进文化和思想的交流和理解。在这个过程中，人们需要放下偏见和误解，尊重和欣赏不同文化和国家的独特性和价值。

在艾拉的笔下，中国的形象不再是刻板的、单一的，而是充满活力、多样性和复杂性的。他通过描绘中国超市这个全球化时代的缩影，使人们不仅了解了中国的经济崛起和文化影响力，还感受到了中国人民的热情、友好和真诚。此外，在艾拉所讲述的故事中隐约地透露出他对全球化时代的思考和担忧。全球化虽然带来了经济发展和社会进步，但也带来了文化和思想的同质化。在这个过程中，他希望人们要保持自己的独特性和价值性。艾拉的思考不仅具有深刻的哲学意义，也具有现实的社会意义。

五、卡瓦略笔下的中国元素

中国元素是巴西作家贝尔纳多·卡瓦略小说中不可或缺的一部分。他的经典著作《再现》不仅反映了他对当代中国社会和文化的理解与认识，更通过主人公的经历，探讨了语言、文化、人生选择和人与世界的关系等重要话题。这部小说以第一人称视角描绘了主人公"我"作为一名失业的巴西金融从业者的生活。"我"认为中文是未来世界的通用语言，所以正在学习中文。但是在准备前往上海的途中，"我"的旅行计划受到干扰，并陷入奇怪的纠纷中。这一突发事件迫使"我"重新审视人生、思考自我身份。在这个过程中，卡瓦略通过对中国社会的描述，展现了全球化时代个人与社会的互动关系。小说中充分体现了当代多种文化的碰撞和交融，而人们却在碰撞与交融中不断地寻找自我认同，这一时代话题恰好从侧面反映了中国在全球政治和经济舞台上地位日趋重要的现实。

卡瓦略小说中出现了多种形式的中国元素，这些元素在小说中扮演着重要的角色，为故事增色不少。比如中国的书法艺术在小说中曾多次被提及，并在主人公内心纠结和探索时发挥了重要作用。还有道家的无为而治、儒家的仁义礼智等，中国传统的哲学思想也为卡瓦略提供了重要参考，在小说中反复出现。在这部作品中，通过主人公的经历和内心探索，卡瓦略深入挖掘了中国元素背后的文化内涵，向读者展示了一个真实而又充满魅力的中国形象。这个形象既包括中国的传统文化，也涵盖了当代中国的社会现实。

六、西班牙语拉美文学中出现"中国元素"的现实意义

中国，一个古老的东方国度，与拉丁美洲相隔万里。然而，在拉美现当代文学中，中国元素却如星辰般闪烁，与拉美文化碰撞出灵感与艺术的火花，与拉美读者产生情感激荡和思想共鸣。达里奥和帕斯的作品中，充满了对中国的丰富想象。从古都的传说到乡村的风情，从古代的英雄豪杰到现代的寻常百姓，他们以独特的视角和诗意的语言，让我们领略到中国的魅力。在这些作品中，中国成了一个充满异国情调的理想国度，吸引着读者向往。然而，真实的中国并非只有浪漫而模糊的想象。

聂鲁达深入探索了中国革命的历史背景、社会动因和人性挣扎。在他的诗歌中，中国革命的壮丽画卷被缓缓展开，每一行字都充满了对这场伟大革命的敬意与理解。他不仅关注革命的宏大场面，更深入挖掘了个体在历史进程中的角色与命运。马特奥斯巧妙地感受着中国传统水墨画的技法，将中国的人文景观、自然风光和社会风情细腻地描绘出来。他的作品不仅展现了中国的美丽，更揭示了中国文化的深厚底蕴和独特魅力。帕斯的作品中多次引用了庄周的思想。通过庄周的哲学观点，帕斯探索了生命的意义、宇宙的奥秘以及人与自然的关系。在帕斯笔下，庄周成为连接东西方思想的桥梁，为世界文学贡献了一种全新的思考角度。埃斯帕尼亚从《周易》的智慧中汲取灵感，深入地研究《周易》的哲学思想，并巧妙地将其融入自己的作品中。

他通过《周易》的阴阳五行理论，探讨了世界的秩序、变化和人性的复杂性。

与前几位作家不同，艾拉更加关注中国的发展与进步。他以细腻的笔触描绘了中国在经济、政治和社会方面的巨大变革。在他的作品中，我们不仅可以看到中国的现代化进程，更能够深入地感受到这一进程中的人性和社会变迁。卡瓦略则从另一个角度展现了中国的魅力。他关注中国和拉美文化之间的交融，通过比较和对照，揭示了两地文化之间的共通之处和独特性。他的作品为拉美读者提供了一个全新的视角来看待中国，也让中国读者更加了解拉美的文化传统。费雷洛在他的作品中多次描绘了中国的母亲河——黄河。他用诗意的语言赞美了黄河的壮丽景色和丰富的人文内涵。在费雷洛的笔下，黄河不仅仅是一条河流，更是中国历史和文化的象征。达里奥则以丝绸、瓷器为载体，展现中西文化的交流与融合。在他的作品中，丝绸、瓷器不仅仅是一种物质，更是一种文化和艺术的载体。他以丝绸、瓷器为媒介，将东方的细腻与西方的粗犷巧妙地结合在一起，创作出了一种全新的艺术风格和文化视角。在这个过程中，我们看到了中国元素在拉美文学中的独特地位和价值。无论是在达里奥和帕斯的诗歌中，还是在聂鲁达和博尔赫斯的散文中，抑或在艾拉和卡瓦略的小说中，中国元素都以其深厚的文化内涵和独特的艺术魅力，为拉美文学注入了新的生命力和灵感。

第五章
博尔赫斯笔下的中国

豪尔赫·路易斯·博尔赫斯（1899—1986）是阿根廷著名的短篇小说家、散文家和诗人。他对世界文学有着广泛的影响，作品涵盖了多种题材和风格。尽管博尔赫斯从未到过中国，但诸如《长城与书》《圆环中的花环》《巴比伦图书馆》《小径分岔的花园》等作品中却充满了中国元素，展现了他对中国文化的热爱和浓厚兴趣。博尔赫斯以开放和包容的态度，赋予其作品独特的魅力，使其能够跨越国界和文化，触动读者的心灵。他的小说不仅生动地描绘了阿根廷社会的风貌，更进一步通过深入探讨哲学、宗教和文学等领域，深刻反映了人类存在的普遍问题。在博尔赫斯的小说中，他经常运用幻想、虚构和寓言等手法，巧妙地将现实与虚构融为一体，构建出一个独特的文学世界。他的作品中常出现迷宫、镜子和无限等元素，这些元素不仅表达了人类在无限宇宙和生命面前的渺小与困惑，也启发人们要勇于探索未知，追求真理，展现出人类的勇气与智慧。

第一节 博尔赫斯创作中的中国声音

一、博尔赫斯创作中的东方文化

作为享誉全球的阿根廷诗人、小说家，博尔赫斯的作品不仅深受阿根廷读者的喜爱，还被翻译成多种语言，在世界范围内广泛传播，甚至其文学风格和思想影响了许多后来的作家和思想家，成为世界文学史上不可或缺的一部分。所以，他的作品在中国自然也广受好评。当然，这不仅仅因为其独特的文学风格和哲学思考，还因为他对东方文明及中国文化的热爱和推崇。在博尔赫斯许多小说中，总是出现复杂的迷宫、兜兜转转的长廊、没有尽头的通道、不断出现的入口、交错往复的院落等明显的东方元素，为读者勾勒出专属于博尔赫斯的东方美学。这充分说明博尔赫斯本人有着深厚的东方文化底蕴，并已经形成了独特的带有东方审美魅力的艺术判断力。他通过自己的文学创作和对东方文化的深入研究，探索了东方文化的内在精神和美学特征，逐渐形成带有博尔赫斯标签的具有开拓性和启示性的东方观点，为人们更好地理解和欣赏东方文化提供了新的视角和思考方式。比如他的小说《小径分岔的花园》就是以中国古典文化为背景，讲述了一个展现神秘而优美的东方文化的故事，深受读者的喜爱和推崇。基于对东方文化的研究和理解，博尔赫斯还针对中西文化的差异性进行了比较，通过其作品创作形成交流和互鉴的平台，让人们更好地了解和欣赏彼此的文化。显然，这是博尔赫斯的东方观对中西文化交流所做出的重要贡献。当然，博大精深的东方文明不是博尔赫斯一个外国人能够完全理解、掌握和参悟的。由于语言和文化的隔阂以及时代的局限性，我们必须承认他对东方文化的理解仍然存在一些偏差，甚至是误解。比如他在散文《一千零一夜》中用一个开罗居民所做的梦的故事强调了东方文明的神秘。里面的一些描写被认为是对东方文化的误解和刻板印象，无法代表东方文化的真实面貌。此外，博尔赫斯的东方观也存在一些文化帝国主义的问题，虽然倡导中西文化交流，但其作品中往往将东方文化视为"他者"，忽略了东方文化的独立性和自主性，存在一定的文化侵略和霸权主义的倾向。

二、博尔赫斯创作中的中国哲学

博尔赫斯对中国文化的热爱和推崇主要体现在其作品中不断被引用和借鉴的中国元素。值得一提的是，他的这种引用和借鉴不仅仅体现在创作元素和文学风格上，还有作品所表达的哲学思想。比如博尔赫斯在《小径分岔的花园》中提到了"轮回"的概念，这与《红楼梦》中贾宝玉的"前世因果"有着异曲同工之妙；他描述了一个由无数个平行宇宙组成的宇宙观，这与《道德经》中"道生一，一生二，二生三，三生万物"的观念有着相似之处；他描述了一个由无数个平行宇宙组成的宇宙观，其中每个宇宙都是一个完整的世界，而世界中的一切都是相互关联的，这与"天人合一"的思想有着相似之处；他都强调了人与自然、人与社会、人与宇宙之间的密切联系。此外，博尔赫斯的作品也反映了他对中国文化中"意境"的追求：在《梦之书》中，博尔赫斯通过描绘一个人在梦中寻找自己的过程，表达了对"意境"的追求；此类追求与《红楼梦》中贾宝玉在大观园中游历时所感受到的意境有着相似之处。这种对中国文化"意境"的描述，不仅为读者带来丰富的感官体验，还引发其对生命、人性和文化等话题进行深入的思考和探讨。这正是博尔赫斯的作品深刻思想内涵的体现，也是其独特艺术魅力所在，更是其在中国读者中产生强烈共鸣的根本原因。

三、博尔赫斯创作中多样而复杂的中国文化

尽管博尔赫斯受到了东方主义文本的影响，但当他在作品中描绘和引用中国文化时却没有将中国东方化和妖魔化。这受益于他青年时期的东方文化的启蒙。博尔赫斯在日内瓦学习期间，接触到了中国文化和思想，并对中国文化产生了浓厚兴趣。他喜欢中国文学，尤其是《红楼梦》和《水浒传》等经典作品，他认为此类作品中的故事和人物具有深刻的哲学意义和人性洞察力。在博尔赫斯的作品中，中国形象频繁出现，他笔下的中国形象多种多样，有时是神秘而古老的，有时是现代化和科技的，但始终充满想象力和创造力。在博尔赫斯的作品中，中西文化总是相互交织的。通过此类交织来展示文化的相互影响和交流。

博尔赫斯的作品中，中国文化也总是被描绘为一种深厚、复杂、神秘的文化，是一种具有独特的价值和意义的文化。这是因为他尊重和钦佩中国文化，所以也在试图通过自己的作品来展示中国文化的美和魅力，进而对中西文化之间的互动与交流实现实际意义的探讨。正是出于这样的创作初衷，博尔赫斯在小说创作中设定的中国背景，也仅仅是作为小说的背景出现，而非故事核心主导。相反，他更加关注的是迷宫、时间等命题，并将其贯穿整个创作生涯。比如小说中反复出现的"迷宫"，博尔赫斯并不是单纯地将它指代一种物理空间，而是一种动态而抽象的象征，代表着人类寻找意义的过程。在《小径分岔的花园》中，主人公在一个迷宫般的花园中寻找出口，但最终发现自己只是在迷宫中打转儿。一种象征着生命的无意义和人类的无助感在"迷宫"的物理空间中被表现得淋漓尽致。另外，时间也是博尔赫斯情有独钟的重要主题。他很喜欢在作品中设置不同层面的时间架构，有线性的时间、循环的时间，甚至是无限的时间循环。在《时

间的新反驳》中，主人公经历了一个无限循环的时间，每次他都会回到起点，而其记忆却不会消失。这个永无休止的时间正是人类的命运和无解的循环的象征。所以，尽管博尔赫斯总是在小说中构建一个中国背景下的故事框架，却总是讲述着带有中西文化碰撞和交流意义的多样而复杂的主题。博尔赫斯欢迎读者走进他的作品，在他的指引下思考关于人生和命运的深刻问题。

四、博尔赫斯创作中的历史背景

对于中国的探究，博尔赫斯的兴趣不仅仅局限于文学和艺术领域，他也关注中国的政治和社会现象，也对民主与人权产生了深刻的思考。他的这种思想意识充分体现在其创作风格中，也使其作品超越了文学本身的价值，更具有文化和思想的意义。当然，给读者带来的也不只是通过他的文字看到了中国形象，更是被引导关注中国文化和历史，理解和探索中国人文精神。

从传播途径角度上来看，博尔赫斯的作品不可避免地受到他所处时代的文化背景和社会环境的影响。20世纪是西方对中国进行殖民化和帝国主义的时期，在博尔赫斯的作品中出现的中国是落后且危险的国度。他的小说《圆中的花环》将中国描绘成一个神秘而危险的地方，充满了异国情调和奇异的习俗。值得一提的是，博尔赫斯的作品并不是简单文化帝国主义的表现，而是多元化的。所以，他并没有将中国形象描述得单一又固定，而是定义为"一个多元化、充满矛盾"的形象。比如在其小说《时间的新反驳》中，中国被描绘成一个拥有悠久历史和浑厚文化的国家。

与此同时，作为一个阿根廷作家，博尔赫斯的作品深受殖民主义和文化冲突的影响。在后殖民主义理论兴起的背景下，再读博尔赫斯的作品便让人们能够重新审视其作品，读者可以更好地理解其创作背景和文化语境。博尔赫斯的作品中经常出现对身份认同、文化冲突和权力斗争等主题的探讨。另外，在《巴比伦图书馆》中描述了一个设想中的图书馆，收藏了所有可能存在的书籍，反映了博尔赫斯对文化多样性的思考。当我们再次将此作品置于后殖民话语中进行考察，又可以看到它所体现的后殖民时期对多元文化和知识共享的追求。

五、博尔赫斯创作中的中国符号

博尔赫斯喜欢中国文化，更喜欢将一些神秘的中国符号隐藏在自己的作品中。在《时间的新反驳》中，主人公妻子的名字叫"梅花"。这是那个时代一个常见又普通的中国女性的名字。这个中国符号的出现，为整个作品平添了更多的异域风情，也表现了他个人对中国文化的理解。

博尔赫斯还将自己从日本朋友口中听到的第一次世界大战时期的一个间谍故事作为创作灵感，写出了一部充满哲学思考的小说《小径分岔的花园》。这部小说通过对时间、空间、命运等主题的探讨，呈现出了一个复杂而又迷人的世界。故事的主人公是一位名叫余准的间谍，在被派往德国占领下的瑞士执行任务时走进了一个神秘的花园。花园中有许多分岔的小径，每个小径都通向不同的地方。出于好奇，余准开始探索这座花园。他发现每个小径都代表着一个不同的选择，每个选择都会导致不同的结果。于是，他开始思考，如果他能够回到过去，做出不同的选择，其命运是否会改变。随着故事的展开，余准发现其任务并不是那么简单，他需要做出许多选择，每个选择都会影响其命运和别人的命运。所以，他开始怀疑自己的决定，也开始怀疑时间的真实性，甚至开始思考，如果时间可以倒流，是否可以改变自己的过去和别人的未来。最终，余准命运发生巨大变化，其选择不仅影响了他自己的命运，也影响了许多人的命运，他开始明白，每个人都有自己的选择，每个选择都会影响自己和别人的命运。他也开始明白，时间是不可逆转的，每个选择都应该被认真对待。

在博尔赫斯以中国为题材的小说中，"中国"始终处于一个沉默的角色，而没有任何自我表达的机会，此类沉默并不一定意味着中国在此文本中没有发挥作用，而可能意味着博尔赫斯对于中国的理解和表达存在着某些限制和误解。作为一名阿根廷作家，博尔赫斯对于中国的了解和认识可能来自资料和传说，而非亲身经历。然而，此类沉默也反映了中国在博尔赫斯文本中的地位和作用。作为一个异质文化的代表，中国更多的是被视为一种神秘、异国情调的存在，而非被理解和接纳为一个具有独立思考和自我表述能力的个体，反映了博尔赫斯文本中普遍存在的对于异质文化的态度和处理方式。在当今全球化的时代，理解和接纳不同文化的重要性日益凸显。博尔赫斯的文本提醒人们，在处理异质文化时，需要超越简单的表象和刻板印象，更加深入地了解和理解其内在的价值观和思考方式，以实现真正的文化交流和对话。

博尔赫斯研究中的中国符号不仅揭示了这位阿根廷文学巨匠的创作奥秘，还展现了他对遥远东方文化的热爱与尊重，在他的作品中，中国符号成为一种独特的文学现象，引人入胜。在他的小说、诗歌以及散文中，可以找到诸多充满东方韵味的文字游戏、寓言和哲学思考。在博尔赫斯的诗歌中，中国符号成为一种独特的审美表达。在他的诗篇《东方之光》中，表现出对中国文化充满向往："那遥远的中国，它的光芒如同星辰，闪耀在五千年历史长河。"[1]博尔赫斯将中国文化的悠久历史与璀璨星光相提并论，表达了他对中华文明的敬仰之情。在他的短篇小说《圆环中的花环》中，讲述了一个关于生死轮回、因果报应的寓言故事。故事中的主人公通过对中国文化的了解，试图在生死轮回中寻求解脱。这部作品表现了博尔赫斯对东方哲学的热爱，也展现了他对生死命运的深刻思考。

此外，在博尔赫斯的散文中，中国符号则成为一种文字游戏的手段。在《论无限》这篇散文中，博尔赫斯巧妙地运用中国古代的"八卦"符号，来探讨宇宙、时间和人生的无限循环。在这里，他借助中国符号，将抽象的哲学观念具象化，使得文章更具文学魅力。值得一提的是，博尔赫斯对中国文化的热爱并非仅仅停留在文字表达上。他还积极投身于翻译工作，将中国古代的诗文、小说等作品翻译成西班牙文，让更多的西方读者了解东方文化。在他的一生中，博尔赫斯始终致力于推动中西文化的交流与互鉴。在博尔赫斯的创作中，中国符号占据着举足轻重的地位。这些符号成为他作品中独特的文学现象。通过中国符号，博尔赫斯将中西文化有机地融合在一起，为世界文学殿堂增添了无尽魅力。

此外，博尔赫斯对中国神话中的麒麟产生了浓厚的兴趣，不仅限于文学比喻层面，还对其神秘性质进行了深入研究，在《双面的麒麟》一文中，他探讨了麒麟作为神话动物的双重性质，博尔赫斯引述古代文人的观点，认为麒麟既象征吉祥，又具备神秘怪兽的特征。他进一步指出，这种双重性质与人类内心世界存在微妙的关联。在他看来，麒麟是人们内心深处矛盾与复杂

---

① （阿根廷）豪尔赫·路易斯·博尔赫斯.另一个，同一个[M].王永年，译.杭州：浙江文艺出版社，2008：85-86.

性的象征，是人类不可或缺的一部分，正如麒麟所代表的吉祥与神秘，人们在生活中也时常面临光明与黑暗、善良与邪恶、真实与虚幻等对立矛盾。在博尔赫斯眼中，麒麟不仅是文学比喻，更是一种哲学思考方式，通过探讨麒麟，他试图揭示人类内心深处的复杂性与矛盾性，引导人们对生命意义和价值进行思考。在博尔赫斯的小说中，麒麟经常出现。比如在短篇小说《时间的新反驳》中，主人公在梦中目睹了一只麒麟，标志着即将展开一场神秘且不可预测的冒险。在他的其他作品中，麒麟也扮演着类似角色，象征着神秘、奇迹和未知。作为文学巨匠，博尔赫斯通过反复吟咏麒麟，表达了对文学和哲学的深入思考与探索。

第二节 博尔赫斯的中国情结

作为一名阿根廷作家，博尔赫斯却对中国文化有着浓厚的兴趣。他曾多次表示，中国是他灵感的源泉之一。在他的作品中也经常可以看到中国传统文化、哲学思想、文学名著等中国元素的出现。博尔赫斯对中国文化非常着迷，他认为，中国文化是一种深邃而神秘的文化，它有着自己独特的思维方式和价值观，我非常喜欢这种文化。

一、博尔赫斯与中国传统文化

博尔赫斯对中国传统文化有着浓厚的兴趣，也常常在自己的作品中引用和借鉴中国传统文化，博尔赫斯作品深受中国传统文化的启发，在他的作品中，可以看到许多中国文化的影子，比如《圆环中的花环》《乌尔里希的眼镜》等。博尔赫斯对中国文化的热爱源于他早年的阅读经历，他热衷于研究东方文化，尤其是中国的诗词、哲学和宗教。比如在他的小说《时间的新反驳》中便引用了《周易》中的八卦，探讨了命运和自由意志的主题。小说的主人公是一位命运多舛的哲学家，始终致力于对自由意志和命运的关系的思考。当面对困境时，他开始借助《周易》中的八卦来预测自己的命运。这个人物设定及其思想意识，博尔赫斯探讨了命运和自由意志之间的矛盾，并描述了人类在面对此类矛盾时的无奈和无力感。博尔赫斯对中国传统文化的热爱在他的写作中发挥了重要作用，他的作品常常探讨宇宙、时间和命运等主题，这些主题在中国传统文化中有着深厚的渊源，比如博尔赫斯的"永恒"概念与中国的"道"有着异曲同工之妙，都在强调宇宙万物之间的和谐与统一。此外，博尔赫斯笔下的迷宫和镜子，与中国传统文化中的"八卦"和"易经"也有着某种程度的契合。博尔赫斯在小说中还引用借鉴了五行、风水等中国传统文化中的其他元素，这些中国传统文化元素为小说的情节和人物塑造增添了更加丰富的文化内涵和思想深度。

博尔赫斯的小说不仅是一种文学创作，更是一种文化探索和思想实验。他通过对中国传统文化的引用和借鉴，探讨了人类存在的本质和意义，以及文化对于人类思想和生活的重要影响。在中国传统文化的影响下，博尔赫斯的创作手法独具一格。他善于运用隐喻、象征和寓言等修辞手法，将深刻的思想融入作品中。这种写作风格与中国的诗词歌赋有着相似之处，强调意境和哲理的传达。同时，博尔赫斯的作品中也常常出现对神话、传说和历史的描绘，这与我国古代文学作品中对神话传说和历史故事的传承不谋而合。博尔赫斯的作品在中国也受到了广泛的关注，许多作品被译成中文，并深受中国读者的喜爱。许多中国作家，如莫言、余华等，都受到博尔赫斯的影响，他们在博尔赫斯的启示下，探索着自己的创作道路。

（一）博尔赫斯与中国自然观

博尔赫斯在其作品中展现了中国传统文化中的自然观，使其作品充满了哲学性和神秘色彩。在博尔赫斯的文学世界里，可以找到许多与中国古代哲学思想相契合的地方，这正是他对中国自然观的独特理解和运用。通过与《庄子》中的故事进行对比，博尔赫斯表达了自由的珍贵和不可替代性。在《庄子》中，一只鸟在自由地飞翔，而另一只鸟却被关在笼子里。博尔赫斯通过这个自然界的故事表达了自由是人类最基本的需要之一，没有自由，人们就无法真正地生活和存在。通过引用《庄子》中的故事，博尔赫斯表达了自由与自然的珍贵和不可替代性。博尔赫斯认为，自由和自然是人类最基本的需求之一，而现代社会却让人们与它们渐行渐远。自由和自然对于人们的身心健康和幸福感至关重要。在现代社会中，人们面临着各种各样的压力和限制，使得人们感到束缚和失去自由。

在《约翰·威尔金斯的分析语言》一文中，博尔赫斯介绍了《天朝仁学广览》，这部"中国百科全书"对动物的分类方法，显示了"另一种思维系"。《天朝仁学广览》中的动物分类方法不同于西方的分类方法，它不是基于动物的形态特征或者进化关系，而是基于动物的道德品质和人类对它们的态度。此分类方法反映了古代中国哲学中的"仁爱"思想，即将动物视为有情感、有感知、有尊严的生命体，应该受到尊重和保护。比如《天朝仁学广览》中将"麒麟"和"凤凰"归为一类，因为它们都是神话中的吉祥动物，代表着美好、和平与幸福。而将"虎"和"狼"归为另一类，因为它们被认为具有攻击性和危险性，需要人类加以防范和控制。此分类方法强调了人类对动物的态度和责任，也反映了古代中国文化的价值观和道德观。

此外，博尔赫斯对中国文化的热爱源于其深厚的哲学素养和敏锐的艺术感觉。他热衷于探索各种文化背景下的思想观念，尤其是中国古代哲学中的道家思想和佛教思想。这些思想强调人与自然的和谐共处，倡导在自然界中寻找人生的真谛。博尔赫斯深受这些思想的影响，他将这些观念融入自己的文学创作中，形成了独特的自然观。在博尔赫斯的笔下，自然不再是纯粹的自然，而是充满哲理和象征意义的存在。他的作品中，常常出现对自然景物，尤其是植物的描绘。这些描绘并非简单的自然写实，而是通过自然景象来折射人生百态，展现人类与自然的关系。比如在他的短篇小说《圆环中的花环》中，通过对中国古代传说中的神奇植物的描绘，表达了对生死、命运和爱情的思考。博尔赫斯还善于运用中国自然观中的阴阳五行学说，来展现作品的哲学内涵。在他的作品中，阴阳两极的互动、五行的相生相克，都成为阐述人生哲理的重要元素。如在《南方》一诗中，他通过对中国古代地理方位的象征意义进行发挥，表达人的精神追求和对命运的反思。博尔赫斯对中国自然观的运用，还表现在他对道家思想"无为而治"的领悟。在许多作品中，他都倡导人们顺应自然，无为而为，以达到人生的最高境界。比如在《枯枝败叶》一诗中，他通过对中国古代道家思想的描绘，传达了顺应自然、与自然和谐相处的智慧。总之，博尔赫斯的中国自然观是他文学创作的重要支柱。他借助中国自然观，丰富了其作品的哲学内涵，使之具有更为深远的影响力。通过他的作品，我们不仅可以领略到他独特的文学魅力，更能感受到中国自然观带给人类的智慧与启示，在博尔赫斯的文学世界里，让人仿佛看到了一幅美丽的画卷，其中自然、人生与哲理相互交织，令人陶醉。

（二）博尔赫斯与中国自由观

博尔赫斯对中国文化的热爱源于他对文学本质的探索，在经历了一次重大的阅读和写作转变后，博尔赫斯开始关注文学的更深层次的含义，他试图通过文学表达人类内心的渴望，以及对自由、真理和美的追求，而在中国文化中，他找到了一种与他内心追求相契合的精神境界。博尔赫斯的作品不仅展现了他对中国传统文化的热爱，也表达了他对自由和自然的追求，他通过借鉴中国传统文化中的思想和故事，创作出了深刻而富有启示性的作品，让人们更好地理解自由和自然的意义和价值。在小说《时间的新反驳》中引用中国古代的传说和故事，旨在展示不同文化之间的相互影响和交流。此类引用不仅丰富了小说的内涵，还让读者对不同文化有了更深入的了解，其中最引人注目的引用之一是关于孟姜女的故事。孟姜女是中国古代传说中的一位女性，她的丈夫被征召去修长城，孟姜女为了寻找丈夫，历经千辛万苦，最终在长城下找到了他的遗骨。博尔赫斯将此故事融入小说中，并以它为主题创作了一篇短篇小说《长城》。在小说中，博尔赫斯将孟姜女的故事与古希腊神话中安菲翁和克里奥帕特拉的故事进行对比。他指出，虽然两个故事的情节相似，但孟姜女的形象更加深刻和感人，展现了女性的坚韧和勇气，同时也揭示了古代中国的社会现实和历史文化。

此外，中国的自由观强调内心的修养和自律，追求个性的独立与自由。这种观念与博尔赫斯的文学信仰不谋而合。在他看来，文学创作并非仅仅是一种技艺，更是一种精神上的追求和自我实现。中国自由观成为他文学创作的精神支柱，影响了他后来的文学风格和主题。在博尔赫斯的众多作品中，可以看到他对中国自由观的借鉴和发扬。他善于运用中国元素，以独特的视角展现了中国文化中的自由精神。比如在他的作品中，常常出现对古代中国典故的引用，以及对中国哲学家的赞美。这些表现手法使他的作品更加丰富多元，也使读者更加关注中国文化的魅力。值得一提的是，博尔赫斯并没有盲目地追求中国自由观，而是将其与自己的文学信仰相结合。他关注人性、探索命运的深刻内涵，将中国自由观融入他的文学创作之中。这种独特的文学风格使得他的作品具有广泛的共鸣，受到了世界各地读者的喜爱。总之，博尔赫斯对中国自由观的关注使他的文学创作达到了一个新的高度。他借鉴中国文化的精髓，将其融入自己的文学信仰，成为一位具有世界影响力的伟大作家。博尔赫斯的一生，正如他所说："如何让生命成为一篇诗。"他用自己的文学创作，诠释了中国自由观的内涵，为我们留下了一部部永恒的经典之作。

（三）博尔赫斯与封建帝制文化

封建帝制文化也是中国传统文化的重要分支。博尔赫斯的作品中，封建帝制文化成为许多故事的背景和主题。博尔赫斯以独特的视角看待这一时期的历史，让读者在领略封建帝制文化的魅力的同时，思考人性的本质和社会的变迁，自然也对诸如皇帝、庞大的皇宫、龙、长城、迷宫似的花园等众多中国意象进行了描述。在博尔赫斯的眼中，封建帝制文化既神秘又充满魅力。他在作品中对这一时期的历史进行了深入的挖掘，展现了一个充满仪式感、等级分明的世界。在这个世界里，权力、荣誉和信仰是人们生活的核心，然而，博尔赫斯并没有陷入对封建帝制的赞美之中，而是通过作品揭示了这一制度下社会的不公。这些中国意象在博尔赫斯的作品中扮演着至关重要的角色，不仅为其小说带来了独特的风格和氛围，还深化了其主题和意义。

在博尔赫斯的小说中，皇帝和皇宫往往象征着权力和威严。比如博尔赫斯笔下的封建帝制文化，充满了矛盾与冲突。在他的小说《巴比伦图书馆》中，读者可以看到一个虚构的封建帝国，图书馆成为权力斗争的场所，知识与智慧成为统治者压迫人民的工具。而在《阿勒福斯》这部作品中，博尔赫斯以一位封建帝王的视角，讲述了权力与荣誉之间的挣扎。这些作品展示了封建社会中，人们对于权力和荣誉的追逐，以及在这个过程中所暴露出的人性弱点。《小径分岔的花园》中的皇帝和皇宫是故事的核心，象征着无限和绝对的权力；而《时间的新反驳》中的皇宫则是一个令人惊叹的景象，也是囚禁主人公的地方，象征着自由和权力的对立。

博尔赫斯小说中的龙也常常代表着神秘和不可知的力量。比如《红房子》中的龙是神秘而不可捉摸的存在，也是主人公追寻的目标。而《另一个我》中的龙则象征着人类对于未知力量的渴望和探寻。长城在博尔赫斯的作品中也经常出现，代表着中国和中国的历史与文化。比如《长城和书》中的长城是中华文明的象征，也是主人公寻找知识和智慧的旅程；而《白象》中的长城则是一个令人叹为观止的景象，也是故事中一个重要的地点。博尔赫斯小说中的迷宫似的花园，则常常象征着人生的旅程和探寻。比如《巴比伦图书馆》中的花园是一个迷宫，代表着人类对于知识和真理的探寻；而《迷宫》中的花园则是一个令人迷惑的地方，也是主人公追寻自我和身份的旅程。博尔赫斯在描绘封建帝制文化的过程中，始终关注对人性的探索。他在作品中对封建社会的批判，实际上是对人性的反思。他认为，封建帝制文化虽然等级分明，但人性的复杂和多样性在其中得到了充分的体现。封建社会，人们为了追求权力和荣誉，往往不惜一切代价。然而，这种追求最终导致的是人性的扭曲和心灵的迷失。博尔赫斯以封建帝制为背景的作品，让读者在领略历史魅力的同时，也深刻地反思了人性的本质和社会的变迁。他通过描绘这一时期的历史，展示了人性的复杂和多样性，以及人们对于权力和荣誉的追逐。

（四）博尔赫斯与中国哲学观

博尔赫斯在引用中国古代的传说和故事进行创作的过程中，还探讨了人类命运的普遍性和特殊性。比如他引用了中国古代传说中的"塞翁失马，焉知非福"，表达了人类命运的不可预测性，以及人们对命运的无法掌控。同时，他还引用了中国古代的"愚公移山"故事，表达了人类坚韧不拔的精神和意志力，以及人们对命运的抗争和挑战。博尔赫斯的小说以多元文化为背景，通过引用各种不同文化传统的传说和故事，使得其作品具有深刻的文化内涵和广泛的影响力。此类传说和故事不仅包括南美洲土著文化，还包括欧洲文化、东方文化等多个文化体系。在博尔赫斯的小说中，此类传说和故事不仅仅是简单的素材，而是被融入小说情节和人物塑造中，构建了一个多元文化的语境。此语境让读者能够从中感受到不同文化之间的联系和互动，同时也深刻反映了博尔赫斯对于人类命运和文化交流的思考和关注。

不仅如此，博尔赫斯的作品中，经常出现对中国文化的描述和探讨，他对中国文化的研究和欣赏，使其作品中出现了一些不同于传统的形象和视角。比如他在小说《小径分岔的花园》中通过描绘一个虚构的中国古代文化来探讨人类命运的循环和重复。这个中国形象与当时西方主流媒体对于中国的刻板印象是大相径庭的。博尔赫斯的作品中还探讨了一些涉及中国文化价值观的话题，通过此类话题的探讨，使其作品更加具有深度和广度，也使读者更加容易接受和理解中国文化。因此，博尔赫斯在一定程度上打破了西方对于中国所代表的非我异己的传统形象，为西方读者更好地理解和欣赏中国文化做出了重要贡献。此外，博尔赫斯的作品中还经常出现一些中国园林、书法、诗歌、戏剧等具有中国文化特色的元素，这些中国元素的出现，使得其作品更加多元化。虽然博尔赫斯的作品中存在一些对中国戏剧的描写，但他并不是一个专业的戏剧评论家或学者。其作品更多的是从一个作家的角度出发，用戏剧作为表达思想的手段。因此，其描写往往缺乏对戏剧历史和文化的深入了解，更多地是从个人角度出发的感受和理解。

由于博尔赫斯中国形象的源头大多是已翻译、"二手"的中国资料，所以，此类资料在翻译过程中，不可避免地受到了西方观念的渗透和影响。这不仅局限了他对中国理解的深度，也在一定程度上误导了他对中国形象的描绘。与此同时，博尔赫斯对中国并非全然陌生，其作品中展现出对中国文化和文学的欣赏和尊重。他对中国文化的好感，使其在描绘中国形象时，带有一种独特的亲近感和认同感。虽然博尔赫斯的描写在某些方面具有一定的真实性，但是由于他生活在一个相对封闭的时代和国度，很难获得关于中国的详细信息和深入了解。因此，博尔赫斯的描写往往只能停留在表面，只能强调虚构和幻想，而不是现实的描写；只能探索人类内心的世界和人类存在的意义，而不是对客观世界的描写；只能更注重情感和思想的表达，而不是对客观事物的准确描述。博尔赫斯的中国形象是在西方视角和东方情结的交织下形成的。虽然其笔下的中国形象受到资料影响，但他对中国文化和文学的欣赏和尊重却不能忽视，其刻画的中国形象在某种程度上具有独特的魅力和深度。

二、博尔赫斯与中国文学

在《博尔赫斯八十忆旧》一书中，博尔赫斯深刻谈到了他对中国长久而深挚的向往。作为一个阿根廷作家，博尔赫斯对中国文化的热爱源于他对东方文明的着迷。在他的作品中经常可以看到中国文学的痕迹，如《红楼梦》《道德经》等。

博尔赫斯向往中国的原因有很多。他深受中国文化的魅力所吸引，认为中国文化是人类历史上最为辉煌的文化之一。他喜欢中国文学、哲学、艺术和建筑等方面的独特之处，认为这些都是中国文化的重要组成部分。博尔赫斯也向往中国的历史和传统。他认为中国有着悠久的历史和独特的文化传统，此类传统为中国人民提供了独特的价值观和思维方式，使他更加深入地了解了中国文化的内涵和精髓。他认为中国是一个充满机遇和挑战的国家，拥有着无限的潜力和发展空间。他相信，随着中国的不断发展，中国将在世界上扮演越来越重要的角色，为人类文明的发展做出更大的贡献。

在创作过程中，博尔赫斯对翟理斯的《中国文学史》进行了深入的研究和思考，对中国的历史和文化产生了浓厚的兴趣，并从中汲取了很多有关文学、哲学和文化方面的知识和思想。他深受中国文化的启发，特别是中国文学中的叙事方式和思想深度给予他极大的创作灵感。他认为，中国文学中的故事情节和人物形象非常丰富，而且表现手法独特，具有很高的艺术价值。以《红楼梦》为例，作为中国文学史上的经典之作，以细腻的笔触描绘了清朝封建社会的生活，深刻地反映了人性的复杂和社会的矛盾。于是，在博尔赫斯编选的《聊斋志异选》中收录了《红楼梦》的两个片段。由此可以看出他对这部中国古典小说的重视和认可。

博尔赫斯所选择收录的两个片段是《红楼梦》中最具有代表性和精华的部分。其中一段是描写贾宝玉与林黛玉初次相见的场景。这段描写通过细腻的笔触和深刻的心理分析，表现了二人之间微妙的情感变化和复杂的心理状态，展现了作者卓越的文学才华和深刻的人性洞察力。另一段则是描写贾宝玉与薛宝钗的对话。这段对话通过对人生、爱情、命运等话题的探讨，表现了作者对人生的深刻思考和对人性的深刻洞察，也反映了清朝封建社会对女性的压迫和限制，以及女性在此等社会环境下的无奈和悲哀。博尔赫斯选择收录的这两个片段，不仅展现了《红楼梦》作为一部文学巨著的深度和广度，也反映了作者对人性、社会和人生的深刻思考和探索。此类特点也是博尔赫斯自己的作品所具有的，可以看出他对《红楼梦》的赞赏。除了《红楼梦》外，博尔赫斯对中国文学作品的喜爱还表现在他对所阅读的弗兰茨·库恩的德译本《水浒传》的研究上。这部中国古代小说描绘了宋江领导的梁山好汉反抗欺压的故事。博尔赫斯对这部小说进行了深入的研究，并从中汲取了许多灵感,将其运用到自己的文学创作中。另外,博尔赫斯还阅读了沃尔弗拉姆·埃伯哈特翻译的《中国神话故事与民间故事》。这部作品包含了丰富的中国传统文化元素,包括传说、神话和民间故事,描绘了古代中国人民的生活、思想和信仰。博尔赫斯对此类故事非常感兴趣,并从中汲取了许多灵感,将其运用到自己的文学作品创作中。

此外,韦利的英译本《诗经》也是博尔赫斯喜爱的作品之一。这部古代诗歌集是中国文化的重要组成部分,包含了大量的民间诗歌和宫廷诗歌,描绘了古代中国的社会生活和自然景观。韦利所译的《诗经》在一定程度上传达了原诗的魅力,注重保留原文的意境和韵律,尽可能地还原了《诗经》的文学价值和文化内涵。这部翻译作品不仅受到中国文学爱好者的青睐,也受到了许多国际文学名家的赞誉。博尔赫斯对《诗经》的赞美之情溢于言表。他曾写道:"《诗经》是中国古代文化的瑰宝,是中国诗歌的源头,是中国文学的灵魂。"[1]博尔赫斯对《诗经》的赞美,不仅是因为它是中国文学的源头,更是因为它在世界文学史上也有着重要的地位。他认为,《诗经》中的诗歌语言简练明了,而又富有深刻的哲理和情感,是中国诗歌艺术的高峰。他认为,中国古代文化是人类文明的重要组成部分,具有独特的思想体系和审美观念。博尔赫斯因这部作品中的东方诗歌之美而深受触动,不仅经常引用其中的诗句来表达自己的思想和情感,还曾在韦利的翻译作品的基础上亲自将《祈父》《麟之趾》和《终风》三篇诗歌转译成西班牙文,并在自己的文学杂志《虚构集》上发表。此译作不仅受到西班牙文学界的关注,也在国际文学界引起广泛的关注和讨论。韦利的翻译作品和博尔赫斯的转译作品,为中西文学交流做出了重要的贡献。它们让更多的人了解中国古代文学的魅力,也为中国文学走向世界提供重要的启示。

三、博尔赫斯与中国哲学

博尔赫斯对老子的《道德经》有着浓厚的兴趣,他认为这本书是一部非常深刻和智慧的著作,涉及许多哲学、道德和宗教方面的问题。在《道德经》中,老子提出一种独特的哲学观点,即"道"。他认为,"道"是宇宙间最

---

① (阿根廷)豪尔赫·路易斯·博尔赫斯.另一个,同一个[M].王永年,译.杭州:浙江文艺出版社,2008:49-50.

基本的原理，是一种无形、无名的力量，是万物的根源。老子认为，人们应该追求与"道"和谐相处的生活方式，并通过"无为而治"的方式达到此目的。博尔赫斯认为老子的思想是极其深刻和有价值的。

博尔赫斯还注意到，《道德经》中的一些观点与其家乡阿根廷文化中的某些思想相似。比如他发现老子的"无为而治"与阿根廷土著文化中的"无为而治"有相似之处。此相似性令博尔赫斯更加欣赏老子的思想，并激发其对跨文化交流和比较文化的兴趣。老子的《道德经》对博尔赫斯的影响是深远而广泛的。它不仅让博尔赫斯更深入地了解了中国的文化和哲学，还激发了他对人类文化和哲学的思考和探索。在博尔赫斯的作品中，体现了这种无限的可能性。他善于运用抽象的符号将读者带入变幻无穷的无限世界中，在他的笔下，迷宫、镜子、梦、书籍种种意象交错重叠出现，编织了一片无限的虚幻时空。迷宫是博尔赫斯作品中经常出现的主题之一。在其小说《圆形废墟》中，主人公被困在一个无限循环的迷宫中，永远无法逃脱。此迷宫象征着人类的困境，人们在生命中不断寻找出路，但最终可能会发现自己只是在原地打转。

另一个常见的主题是镜子。在博尔赫斯的小说《时间的新反驳》中，主人公发现他所在的房子里有一面镜子，这面镜子可以让他看到自己的倒影。人们常常会在镜子里看到自己的倒影，但人们是否真正了解自己呢？梦也是博尔赫斯作品中的重要主题。在其小说《另一个我》中，主人公经历了一系列奇怪的梦。正是这些梦让他开始怀疑自己的身份和现实，这部小说的主题就是在探讨现实和梦境的边界，以及人们如何通过梦境来理解自己的内心世界。书籍也是博尔赫斯作品中不可或缺的主题。在其小说《巴比伦图书馆》中，描述了一个虚设中的图书馆，此图书馆收藏了所有可能存在的书籍，包括所有可能的字母和单词的组合。此意象象征着无限的知识和信息的可能，以及人们如何通过阅读来理解世界。

在政治观方面，博尔赫斯与老庄哲学的相似之处主要体现在他们对于权力和统治的看法上。老庄哲学认为，政治权力的本质是虚无的，它只是一种象征性的存在，没有任何实际的价值；博尔赫斯也持有类似的观点，他认为，政治权力只是一种虚构的概念，是人们为了实现自己的利益而创造出来的。老庄哲学主张无为而治，认为政治家应该尽可能地不干预社会事务，让自然的力量自行发挥作用；博尔赫斯也认为政治家应该尽可能地保持中立，不要干预社会的自主发展，让市场经济自由运作。老庄哲学强调人性的本恶，认为政治家必须时刻警惕自己的私欲和野心，以免被权力腐蚀；博尔赫斯也认为人性本恶，政治家必须时刻警惕自己的行为和动机，以免被权力冲昏头脑。博尔赫斯与老庄哲学在政治观方面有着相似的看法，他们认为政治权力是虚无的。此观点为人们提供了一种思考政治权力的不同方式，也为人们提供了一种理解政治世界的不同视角。

此外，博尔赫斯对时间的探讨在其作品中无处不在，无论是小说、诗歌还是散文，时间都是一个核心的主题。在佛教中，时间被视为轮回的、循环的，生命在不断地重生和死亡中循环往复。在博尔赫斯的一些作品中，比如《圆环中的花环》也体现了这种循环时间的观念。博尔赫斯作品中经常体现出时间和空间往往是相互交织的这一观念，他关注瞬间与永恒的关系，认为在特定的时刻，瞬间可以成为永恒。这种观念与中国哲学中的"道"有相似之处，道家的哲学认为道存在于天地之间，无处不在，永恒不变。博尔赫斯的文学作品中也表现出对时间相对性的探讨，这与其另一部小说《巴比伦图书馆》形成了鲜明的对比，该书中，博尔赫斯描绘了一个充满无限书籍的图书馆，象征着人类知识的无尽扩展以及时间的无尽延伸。除了在小说中深入探讨时间，博尔赫斯还通过诗歌和散文表达了他对时间的独到见解。在诗歌《你学会了》中，他写道："时间是一个老师，但它教给人们的是无常。"①这句话准确地反映了博尔赫斯对时间的看法，他认为时间是一种无法掌控、无法预测的无常力量。博尔赫斯通过描绘和探索时间，揭示了人类在时间面前的无助与无知。同时，他的作品也反映出他深邃的哲学思考，他视时间为宇宙中最基本的力量之一。

博尔赫斯通过阅读叔本华的《作为意志和表象的世界》，了解中国的佛教，这对于其人生观和文学创作产生了深远的影响。在博尔赫斯的作品中，人们可以看到许多佛教思想的影子，尤其是在其短篇小说中，对于生死、虚幻、无常等主题的探讨，都与佛教教义有着密切的联系。

博尔赫斯对于老庄哲学的研读，使得他的思想更加丰富多元。在他的作

---

① （阿根廷）豪尔赫·路易斯·博尔赫斯.另一个，同一个[M].王永年，译.杭州：浙江文艺出版社,2008：67-68.

品中，我们可以看到老庄哲学的影子，尤其是在探讨人类命运、时间观念以及生死问题上。在生死问题上，博尔赫斯同样受到老庄哲学的影响。他主张生死轮回，认为生命不是一种永恒的存在，而是一个不断变化的过程。在《生死相随》这部作品中，他通过讲述一位印度教徒的生死历程，表现了生死轮回的观念，这部作品不仅展示了老庄哲学对于生死的洞察，也体现了博尔赫斯对人类命运的深刻关怀。老庄哲学中的"道"与叔本华的"意志"，在某种程度上有着相似之处，都强调了人生的无常与变化。而佛教的"空"则更进一步地阐述了无常与变化的本质。这种哲学观念在博尔赫斯的作品中得到充分的体现。在博尔赫斯的小说中，人们能看到他对人生、命运、自由等诸多问题的深入思考，这也是他受到老庄哲学、佛教和叔本华思想影响的结果。

博尔赫斯对中国文学、哲学著作及其佛经的研读，对中国文化之"神秘"的向往，在一定程度上影响了他对中国的想象与塑造，他对中国文化的热爱，使得其作品中常常出现深邃、神秘的气息，以及对人类命运的哲学思考。博尔赫斯对中国文学充满热情，他通过阅读翻译成外文的中国古典文学名著来了解中国文化。他对《红楼梦》《聊斋志异》《水浒传》等中国文学作品进行了独特的解读，并深受老庄哲学的影响。博尔赫斯的创作受到了中国文学的启发，尤其是在叙事手和象征意义方面，他借鉴了中国文学的叙事手法，如《红楼梦》中的嵌套结构，以及《聊斋志异》中的魔幻现实主义风格。且作品中融入了很多中国文学作品，如《周易》《中国百科全书》等，这些都在他的作品中具有丰富的象征意义，勾勒出一种异域文化的魅力。

在博尔赫斯眼中，《周易》的魅力在于其六十四卦的神秘变化，其囊括了宇宙的所有。《周易》作为一种古老的哲学体系，通过八卦和六十四卦的组合来探索宇宙的本质和规律。在博尔赫斯看来，这种探究方式既神秘又具有深刻的哲学意义。《周易》的六十四卦体现了宇宙无穷的变化和多样性。它的核心思想是"变"，主张一切事物都在不断变化，这种变化是连续的、无穷的、不可预测的。每一种卦象由两个基本符号组成：阳爻和阴爻，代表不同的变化状态，每个状态都有独特的含义和象征。博尔赫斯认为《周易》的神秘之处在于能用简单的符号和组合表达宇宙的复杂性。《周易》的六十四卦不仅是符号，更是一种语言，能够表达宇宙的变化。通过研究这种语言，人们能更好地理解宇宙的本质和规律。《周易》的哲学思想也深深影响了博尔赫斯的作品，其小说中常出现神秘、不可预测的情节和人物，与《周易》的六十四卦有异曲同工之妙。

博尔赫斯认为《周易》的六十四卦不仅是哲学思想，更是文学灵感和创造性源泉。通过研究《周易》，他深化了对文学本质和规律的理解，创作出更优秀的作品。《周易》的变化无穷无尽，体现在宇宙和人类生命中，使博尔赫斯认识到生命处于不断变化和演化中。《周易》的哲理和六十四卦的宇宙画卷，使博尔赫斯对时空有了深刻理解，影响了他的时空观。他视生命如河流，源头是《周易》中的六十四卦，这些卦象如明珠镶嵌在生命中，增添了魅力和活力。博尔赫斯虽已逝去，但其思想仍影响人们生活，为人们打开智慧的大门。在快速变化的世界里，人们须保持开放思维，勇于接受变化和探索未知，才能找到自己的方向和道路。

随着博尔赫斯等人对中国文化的深入了解，西方人对中国产生了浓厚的兴趣，不仅关注传统文化，也关注现代文化和社会发展。这种关注促进了中西文化的交流和相互理解，为中国文化输出和国际交流提供了更多机会。中国应注重文化的传承和创新，积极参与国际交流，为世界文化多样性和发展做出贡献。同时，应学习借鉴西方文化优秀成果，推动中国文化繁荣发展。

第三节 博尔赫斯小说中的中国形象

一、博尔赫斯小说中的长城

博尔赫斯作品中，长城常常被用来象征时间、历史、记忆和遗忘，比如在博尔赫斯的小说《阿莱夫》中，主人公经历了一场关于长城的幻梦。在故事中，长城被描述为一个无尽的、贯穿时间和空间的结构，象征着人类历史的连续性和永恒。主人公在长城上漫步，感受到了时间的流逝和历史的沉重，这激发了他对现实和虚构之间界限的反思。博尔赫斯通过这个故事探讨了人类对历史、记忆和真实的追寻。并且卡夫卡的《中国长城建造史》也对博尔赫斯产生了重大影响。这部小说描述了一个虚构的中国皇帝命令建造一座无限延伸的长城，以防止外族入侵。然而，随着长城的不断延伸，建造过程变得越来越荒谬和无意义，最终导致人们的痛苦和毁灭。此故事探讨了权力和官僚体制的荒谬性，以及人类对于无限扩张的渴望所带来的灾难性后果。此主题在卡夫卡的其他作品中也有所体现。比如《变形记》《审判》等。博尔赫斯深受卡夫卡作品的影响，尤其是在其短篇小说中，可以看到对卡夫卡的借鉴和致敬。比如在其小说《巴比伦图书馆》中，博尔赫斯探讨了无限知识的可能性，这与卡夫卡的长城建造时的主题有相似之处。此外，博尔赫斯在其小说中也经常使用荒谬和超现实的情节，比如在其小说《圆形废墟》中，博尔赫斯描述了一个神秘的建筑，它的墙壁不断旋转，人们无法找到出口，这与卡夫卡的《城堡》中的神秘城堡有相似之处。

博尔赫斯的散文《长城和书》1950年在布宜诺斯艾利斯出版，在中国的历史长河中，秦始皇的两项重要举措——建筑长城与焚书坑儒，这一直是博尔赫斯深思的对象，长城作为古代中国的一项宏伟工程，其建造的目的在于抵御外族入侵，保卫国家安全，然而，长城的构筑却是以巨大的代价来实现的，大量人力物力的消耗，使百姓深陷苦难，这种为保卫国家安全而牺牲民众利益的做法，在博尔赫斯看来是对人民的背叛。对于焚书坑儒事件，博尔赫斯认为是一场对文化传承的巨大破坏，这一事件中，秦始皇为巩固政权，对异议者进行了残酷的镇压，许多知识分子因此丧生，这不仅造成了文化的断裂，也使得权力进一步集中。然而，博尔赫斯也洞察到，焚书坑儒同时也是秦始皇权力斗争的一种表现。在博尔赫斯眼中，中国历史中的文化传承与权力斗争是紧密相连的，他强调文化传承需要稳定的政治环境作为支撑，而权力斗争往往对文化传承产生深远影响。在这一过程中，人民的福祉往往被忽视，而国家利益则成为统治者追求的首要目标。博尔赫斯的散文《长城与书》通过独特的视角深入剖析了秦始皇建筑长城与焚书坑儒的历史事件，进一步揭示了中国历史中文化传承与权力斗争的复杂交织。

二、博尔赫斯小说中的园林与迷宫

博尔赫斯将中国园林作为短篇小说《小径分岔的园林》中故事的发生背景，借此创造出一个充满哲理和幻想的故事世界。在小说中，中国园林成了一个充满诗意与哲学意涵的场域。故事的核心人物在寻求通向真相的路径中，在这园林里迷失了方向。这个园林宛如一座迷宫，每一条小径似乎都引领向不同的时空与故事，进而巧妙地展现了现实与虚构的结合。通过这种方式，博尔赫斯展示了一个多维度且无止境的宇宙观念。在故事的后续发展中，主人公继续在园林中探索，力图找到那条传说中的小径。随着时间的流转，他逐渐领悟到园林的奥秘不仅仅在于其空间布局，更在于其中所蕴含的时间观念。在这里，过去、现在与未来交织在一起，构建了一个独特的时空体系。主人公开始思考，这个园林是否就是时间的缩影，而我们所处的世界是否也如同这园林一般，充满了无数的可能性。每一个选择似乎都引领着新的时间线，每个决策都导致不同的结果。这园林似乎是人生选择的隐喻，象征着我们在生活中不断面临的岔路口。

在深入探索的过程中，主人公发现了园林中一处神秘的地方，那里有一面镜子，镜中映照出他曾走过的每一条小径。他突然意识到这面镜子反映了他对过去的不舍以及对未来的期待。这一刻，主角仿佛看到了自己的灵魂，在镜子中找到了真正的自我。这次经历使他对生活有了更深刻的理解。他明白在这个充满分岔的世界中，每个人都试图找到属于自己的那条小径。真正的成长不在于找到答案，而在于学会在迷茫中不断探索，勇敢地面对每一个选择。最终，主人公找到了那条传说中的小径。沿着它，他穿越时空的迷雾，来到一个充满光明与希望的地方。在这里，他找到了心灵的寄托，也找到了那个充满哲理与幻想的世界。通过这个故事，博尔赫斯传达了一个深刻的哲学理念：生活就像一个无止境的园林，我们都是其中的探索者。在这个充满可能性的世界里，我们要学会面对选择，勇敢地走下去，才能找到属于自己的真相。而这真相往往隐藏在我们内心深处的那面镜子中。博尔赫斯文本中的中国始终与迷宫相连，迷宫和花园也是博尔赫斯理解的中国和中国文化的象征，充满了各种未知的可能。在《时间的新反驳》中，主人公被困在一个类似园林的迷宫中，此迷宫的布局和设计灵感便来自中国古代的园林艺术。

三、博尔赫斯小说中的围棋与手杖

博尔赫斯的作品中，还出现过"围棋"元素。在一首以围棋为题的诗歌中，博尔赫斯以围棋为比喻，探讨了人类生命的本质和意义。在诗的第一部分，博尔赫斯将围棋棋盘比喻为宇宙，每个棋子都是宇宙中的一个星球。他描述了围棋棋盘的无限广阔和棋子的无穷数量，表达出人类在宇宙中的微小和渺小。在诗的第二部分，博尔赫斯探讨了围棋的规则和策略，将它们比喻为人类社会中的法律和道德准则。他描述了围棋中棋子之间的相互作用和相互影响，表达出人类社会中人与人之间的关系和交互。在诗的第三部分，博尔赫斯将围棋的胜负结果比喻为人类生命的终结。他描述了围棋中胜利和失败的区别，表达出人类生命的短暂和必然的终结。在诗的最后，博尔赫斯强调了围棋的魅力和意义，表达出人类生命的价值和意义在于探索和发现宇宙的奥秘和美好。他呼吁人类要像围棋一样，勇敢地面对生命的挑战和变化，不断探索和发现生命的真谛和意义。博尔赫斯的这首诗不仅表达了他对中国古老文化的浓厚兴趣和赞叹，还展现了他对无限可能性的追求。其宇宙观中，时间和空间是无限延伸的，各种可能性在其中交织、分岔、相交，形成了一个庞大而复杂的网络。此类无限的时空观念，不仅反映了他对宇宙的探索和思考，也体现在其文学作品中，为读者呈现出一个开放、多元、无限的世界。

1978年，博尔赫斯于纽约唐人街购得一支中国制造的黑漆竹手杖，此物迅速成为他的心爱之物。不论何时何地，他总是不离手地持着它，甚至在一次接受采访时也表明，希望有朝一日能挂此手杖亲赴中国，这支手杖，已然成为他身份的标志，更是他对中国文化的热爱与尊重的象征，直至他辞世一直伴其左右，并在其葬礼上被置于棺木之旁，以此纪念他的一生。作为阿根廷知名作家，博尔赫斯对中国文化怀有深厚的情感，他的作品中常有中国文化的元素渗透其中。他的收藏与艺术品不仅展示了他对中国的热爱，同时也让读者对中国文化有了更深入的了解和欣赏，他曾表示："中国文化是世界上最古老、最深刻、最丰富的文化之一，它对我产生了深远的影响。"

在他的书房中，悬挂着一幅中国书法作品，上面写着"宁静致远"，这句话也是他一生追求的境界，他认为中国文化中的"宁静"代表着一种超越自我、超越尘世的心灵状态，只有达到这种境界，才能真正领悟人生的真谛。博尔赫斯对中国文化的热爱并非仅停留在理论层面，他曾多次来到中国，亲身感受中国文化的魅力，他喜欢中国的山水画、诗词、小说和哲学，认为这些都是中国文化的精华所在。他曾写道："中国文化是我生命中最重要的一部分，它给了我无限的启示和灵感。"博尔赫斯的作品和思想影响了无数人，在文学界，博尔赫斯被誉为伟大的思想家和文学家，其作品被翻译成多种语言，被广大读者深入阅读和探讨。而这支手杖，也成为中国文化在世界范围内的一次重要传播与展示。

四、博尔赫斯小说中的中国女性形象

《女海盗金寡妇》收录在1935年出版的《恶棍列传》中，是博尔赫斯最早的短篇小说之一，也是唯一一部纯粹以中国为题材的小说，《女海盗金寡妇》是一部富有传奇色彩的小说，讲述了一个关于海盗、宝藏和复仇的故事。故事发生在中国清朝嘉庆年间，主人公是一个名叫金寡妇的女海盗。她原本是富家小姐，却因为家族衰落而被迫流落海上，成为一名海盗。她率领着一支由女子组成的海盗队伍，在海上横行霸道，劫掠商船。然而，金寡妇并不是一般的海盗。她有着极高的智慧和计谋，同时也充满了野心和暴力。她不仅精通武艺，还擅长使用武器，是一名出色的战斗员。她的海盗队伍在她的领导下，劫掠了许多商船，也击败了许多敌人。但是，她的真正目的是寻找其家族失落的宝藏。在寻找宝藏的过程中，金寡妇遇到许多困难和挑战。她不仅要面对其他海盗和敌对势力的攻击，还要应对来自内部的分歧和背叛。但是，她从未放弃过，一直坚持寻找宝藏。最终，她终于找到了宝藏的所在地，但是，她也发现了一个惊天秘密，此秘密将彻底改变她的命运。《女海盗金寡妇》是一部充满想象力和传奇色彩的小说，通过讲述金寡妇的故事，展现了一个充满冒险和刺激的海上世界。同时，小说也反映了当时中国社会的种种矛盾和问题，包括家族制度、女性地位、贫富差距等。因此，这部小说也有着很高的现实意义。

博尔赫斯对于中国的认识是通过间接传播得到的，对中国女性充满臆想。金寡妇作为一个凭空臆造出来的人物，多少会带有其主观想象。然而，这并不意味着金寡妇这一形象没有实际存在的基础。在中国传统文化中，寡妇的形象一直是一个备受关注的话题，而且在不同的历史时期和文化背景下，寡妇的处境和地位也有很大的差异。因此，博尔赫斯所创造的这位"金寡妇"，可以被看作是一种对中国传统文化中寡妇形象的综合和提炼。进一步来说，博尔赫斯笔下的金寡妇，是一个充满矛盾和复杂性的角色。她既是一个富有、有权、有势的女性，又是一个孤独、寂寞、无助的寡妇；她既有独立自主的能力和智慧，又受到传统礼教的束缚和限制；她既是一个充满魅力和诱惑的女性，又是一个充满神秘和诡异的人物。其矛盾性和复杂性，既体现了博尔赫斯对东方女性的想象和幻想，也反映了他对人类本质和生存状态的思考和

探索。因此，虽然博尔赫斯对于中国的认识是通过间接传播得到的，并且其作品中融入了很多主观想象和虚构元素，但是这并不影响人们从中看到他对于人类命运和生存状态的关注和思考。同时，其作品也为人们提供了一个独特的视角，帮助人们更好地理解和欣赏中国传统文化中寡妇的形象和意义。

此外，在博尔赫斯的小说中，中国女性形象独具魅力，她们往往具有深邃的内在世界和强烈的个性。博尔赫斯的作品中，中国女性角色往往具有高度的智慧和文化素养。她们在故事中担任着重要的角色，有时甚至是故事的灵魂人物。在《圆环中的花环》这部作品中，女主人公就是一个充满智慧的中国女性。她精通诗词，具有高度的文化修养，与男主人公展开了一场跨越时空的哲学对话。在这场对话中，中国女性展现出深厚的文化底蕴和独立思考的能力，让男主人公为之震撼。这种描绘不仅凸显了中国女性的魅力，同时也展示了博尔赫斯对东方文化的推崇。

博尔赫斯笔下的中国女性角色还具有强烈的个性和独立精神。在《阿勒福斯》这部作品中，女主人公紫贞在面对生活的困境时，展现出顽强的毅力和坚定的信念。她不屈服于命运的安排，勇敢地追求自己的幸福。她的形象不仅体现出中国女性特有的坚韧品质，同时也揭示了博尔赫斯对女性独立精神的赞赏。博尔赫斯对中国女性形象的描绘，还表现在对神秘主义的向往。在《梦之书》这部作品中，女主人公梦姑是一个充满神秘色彩的角色。她通晓《周易》，能够预知未来，让男主人公陷入了一场东方神秘主义的梦境。通过对梦姑的描绘，博尔赫斯展现了他对东方神秘文化的痴迷，同时也表达了对女性力量的一种敬畏。在博尔赫斯的小说中，中国女性形象独具魅力，她们在作品中发挥着重要作用，成为故事中最闪耀的亮点。通过对这些女性角色的描绘，博尔赫斯不仅展示了他对东方文化的钦佩与尊重，同时也表达了对女性力量的高度赞扬。这也让我们更加深入地认识到，在博尔赫斯的文学世界里，女性角色具有不可忽视的地位和价值。学者张汉行曾在《博尔赫斯与中国》一文中指出，博尔赫斯的作品在中国受到了广泛的关注和喜爱，其文学思想强调文学的虚构性和想象力，他认为文学作品的真实性和价值不在于反映现实，而在于创造想象的世界。这与中国的传统文学思想有着相似之处。

尽管博尔赫斯从未踏上中国的土地，但他的作品却为中国留下了广阔的空间，并对中国文学产生了深远的影响。许多中国作家都受到了博尔赫斯的启发，比如作家莫言就曾经表示，他受到了博尔赫斯的启发，开始尝试用更加自由和创新的写作方式来写作。

第六章
行进中的中国与西班牙文学交流

第一节 中国现当代文学
在西班牙语世界的译介和接受

中国现当代文学在西班牙语世界的译介和接受，是中国现当代文学传播的重要组成部分。这一过程中，我国作家创作作品的文学价值、美学价值、社会价值和文化价值得到了不断的传播。通过对其译介历史的考察，可以清晰地看到中国现当代文学在西班牙语世界传播中所具有的特征和规律，进一步说明翻译与接受之间的双向互动关系，对推动中西两国文化交流起到了积极作用。中国现当代文学在西班牙语世界的译介和接受，是指中国现当代文学在西班牙语世界中被阅读、传播和接受的过程。该过程不仅包括了对中国现当代文学作品的译介，而且也包括了对中国现当代文学作品的传播和接受。

一、译介阶段

中国现当代文学在西班牙语世界的译介和接受可以分为三个阶段：20世纪50年代以前、50年代到80年代和90年代。在这三个阶段，中国现当代文学的译介和接受情况各不相同，且存在着明显的差异。

20世纪50年代至60年代初，中国现当代文学开始被西班牙语世界所译介，译介的主要作家有李一氓、梁实秋、林语堂、鲁迅、郭沫若、茅盾、巴金、冰心、丁玲、艾青、王蒙等。这些作家的作品大多被译介到西班牙语世界中，并受到了西班牙语世界读者的广泛欢迎。

20世纪60年代至80年代初，中国现当代文学被译介到西班牙语世界中的数量开始逐渐增多。但是，这个时期的译介工作并不是一帆风顺的，经历了许多曲折的过程。比如20世纪60年代初到80年代初，西班牙语世界对中国现当代文学的翻译工作还处于起步阶段；20世纪80年代初到90年代初，中国现当代文学在西班牙语世界中的翻译工作才开始逐步进入正轨；20世纪90年代初期到20世纪90年代末期，随着中国现当代文学在西班牙语世界中翻译工作的逐步开展，翻译数量才逐渐增多。

（一）20世纪上半叶：译作大量涌现，译介范围逐渐扩大

20世纪上半叶，中国文学在西班牙语世界的译介处于起步阶段，规模小、范围窄，译介主要以介绍为主。20世纪初，西班牙本土对中国现代文学的译介从20世纪30年代开始起步。1932年，西班牙国立莱昂大学出版了一本《中国新文学》，其中收录了胡适、郭沫若、鲁迅、茅盾等人的作品。1933年，《申报·自由谈》曾刊登过一篇名为《上海书肆所见中国新文学之概况》的文章，将当时在西语世界流行的中国现代文学作品分为三大类："文学""小说"和"诗歌"。1933—1938年期间，由《申报·自由谈》编译的《中国新文学》系列丛书中收录了许多优秀作品。比如鲁迅、茅盾、巴金等人的作品。到了20世纪30年代，西班牙语世界对中国现代文学的译介开始进入"全盛期"。在这一时期，译介作品数量逐渐增多且译介范围不断扩大，主要有两个特点：一是涉及领域广泛；二是注重对中国现当代文学流派和作家的介绍。

（二）20世纪下半叶：译介数量减少，译介范围进一步扩大

20世纪下半叶，中国现代文学在西班牙语世界的译介数量较前几个阶段都有明显减少，但仍有一批作品在这一时期被翻译成西班牙语。这一时期的译介主要集中在小说领域，短篇小说占较大比重。文学翻译作为中国文化对外传播的重要途径，不仅传播了中国文化，也影响了西班牙社会，促进了两国之间的交流。这一时期译介的短篇小说主要有高行健的《人啊人》（1948年）、苏童的《妻妾成群》（1957年）、马原的《玉米人》（1962年）、丁玲的《太阳照在桑干河上》（1966年）、张抗抗的《花魂》（1979年）、格非的《青蛇》（1983年）和陈染的《女人，三十岁以后》（1997年）。这些作品都是中国现代文学史上不可多得的优秀作品，从不同角度反映了中国当时社会现状。

小说领域除了一些短篇外，还有一些是以纪实性长篇为主。比如雷蒙

德·卡佛（1977年）、胡安·鲁尔福（1981年）、卡洛斯·富恩特斯（1991年）和安东尼奥·马查多（1995年）。这些作家中，卡佛在西班牙被翻译成多种语言，最受欢迎。卡佛还翻译了很多中国当代小说，如李碧华、苏童、余华、王蒙等作家的作品。这一时期中国现当代文学在西班牙语世界的译介范围进一步扩大，不仅限于中国现当代作家作品，还包括了苏联和东欧国家作家作品。同时也出现了一些比较优秀的文学作品，如徐则臣的《北上》等。

（三）20世纪80年代至21世纪：译介数量逐年减少，但仍有大量译作出版

20世纪80年代，中国作家获得了国际文学大奖，包括布克奖、阿比·乌尔苏拉文学奖和巴斯克文学奖等。由于这些文学奖项在拉美的影响力，中国作家及其作品开始在拉美广为流传。进入90年代后，中国作家的作品在拉美逐渐成为畅销书。2012年，中国作家莫言获得诺贝尔文学奖，更是为中国文学赢得了国际声誉。在这一时期，由于政治环境的变化以及政治上的打压，中国当代文学作品在拉美的译介数量开始减少。但是这一时期仍有大量译者和作家持续翻译中国文学作品。

西班牙学者José Moreno （1984年）从20世纪80年代开始对中国现代文学进行研究，并对国内出版的部分译作进行了翻译和研究，出版了《20世纪中国小说》（1990年）一书。在该书中他将1949—1995年间的中国文学划分为四个时期，并将这四个时期的作品翻译成西班牙语，共发表了15篇译作。他认为这些译作分别代表革命、建设、改革和开放四个时期。他认为改革开放后的中国文学作品译介数量逐年减少，但仍有大量译者和作家持续翻译和出版，这说明即使在21世纪初西班牙语世界中仍有许多人对中国当代文学作品感兴趣。同时也说明西班牙语世界中，中国文学译介的研究是非常重要的。

（四）20世纪90年代以来：翻译质量提升，文学价值凸显

这一时期的中国现当代文学翻译，较之前有了很大的发展。译介者在翻译作品时，更多地考虑到了读者的接受程度，努力做到文本的可读性和文学性并存。这一时期翻译的中国现当代文学作品，无论是在数量上还是质量上都有了显著提升，特别是一些经典作品得到了更广泛的传播。比如王蒙、

张贤亮、张抗抗等作家作品被翻译成西班牙文出版。这些作品在西班牙语社会产生了巨大影响，不仅推动了西班牙语文学创作，也成为中国现当代文学走向世界的重要组成部分。同时，由于西班牙对中国文学的翻译引进起步较晚，所以这一时期译介的文学作品都具有较高的文学价值。比如《红岩》《创业史》《山乡巨变》等作品在西班牙读者中都有较高的评价。这一时期，有一批优秀作品被翻译成西班牙语出版，如黄锦树译的《创业史》、朱文译的《山乡巨变》、陈应松译的《第二次握手》、何平译的《生死场》、郭宏安译的"人生三部曲"等。这些作品中不仅有文学性的语言，更重要的是其中所体现出的人文情怀和价值观让读者受到启发。

中国现当代文学在西班牙语世界的译介经历了从"译介"到"再传播"，从"文化交流"到"文化对话"的转变。一方面，中国现当代文学在西班牙语世界的译介是中国文学走向世界的一个缩影，是获得认可和传播的一种方式，它反映了中国文学在西班牙语世界的接受程度以及中国文学在西班牙语世界的传播历程；另一方面，随着"一带一路"倡议的推进，中国文化也越来越多地出现在拉美国家人民的视野中，为中国文化"走出去"提供了契机。目前，中国现当代文学在西班牙语世界已经形成了一个成熟的译介体系，也为未来更多中国文化作品和作家进入拉美文学市场提供了更多的可能性。

二、西班牙语国家的译介和接受阶段

西班牙语世界对中国现当代文学作品的译介和接受是从20世纪20年代开始的。在20世纪20年代，中国的现当代文学作品开始陆续进入西班牙语世界，并被介绍给西班牙语读者。1923年，何塞·阿尔贝蒂奥·伊格莱西亚斯的第一本中国小说《中国纪事》，首次在西班牙语世界被出版。1929年，胡安·卡洛斯·利马出版了他的第一本短篇小说集《西班牙的故事》。该小说集中收录了十余篇中国现代文学作品。1930年，路易·卢米埃尔·佩雷斯出版了他的第一本中国长篇小说《一年中的十二个月》，这是他的第一部中国文学作品。此外，路易·卢米埃尔·佩雷斯还出版了由伊格莱西亚斯和雷蒙德·钱德勒合著的《中国纪事》，该书是一本介绍中国文学的小册子。1931年，路易·卢米埃尔·佩雷斯出版了他的第二部长篇小说《中国之命运》。该小说是一部描写中国知识分子生活的长篇小说，作品中既有对中国社会现状的思考，又有对中国文化和中国文学的批判。

（一）20世纪初至20世纪30—40年代

20世纪初期，中国现代文学在西班牙语国家的译介活动主要由西班牙左翼作家协会及其下属的"国际译联"所主办的文化活动来推动，在当时西班牙语国家社会和知识分子中产生了较大影响。如1915年10月，《新青年》杂志创刊，在创刊号上，胡适、钱玄同、刘半农、沈从文等人以《新青年》为平台，先后发表了《文学革命论》《文学改良刍议》《谈诗》等一系列文章，向国人介绍了西方现代文学。1916年3月，《新青年》杂志改名为《新潮》，继续提倡"文学革命"，并以"提倡白话文学"为主要宗旨。1917年11月，中国第一个现代文学社团"创造社"在北京成立，创办人之一的李石岑和沈雁冰都是"创造社"成员。1919年4月，"创造社"在上海举办了第一次全国代表大会，成为中国现代文学史上具有重要意义的事件。据不完全统计，从1917—1920年间的100多期《新青年》杂志中，共翻译出版了40多种中国现代文学作品。

西班牙语国家在20世纪30—40年代对中国现代文学的译介传播主要表现为"西译"和"中译"，其中"西译"主要指1931—1945年间出版的《鲁迅全集》《茅盾全集》等；而"中译"则指1946—1949年间出版的《郭沫若文集》《老舍文集》等。这一时期，西班牙语国家的中国现代文学译介传播以政治意识形态为主要导向，政治宣传和政治需要是翻译出版活动的主要动因。在战争的残酷环境中，译者不仅要面临物质上的困顿，还要经受精神上的磨难，他们在"西译"过程中翻译出版了一批具有进步思想倾向和爱国主义精神的作品。这一时期中国现代文学译介传播最有代表性的作品是由西班牙著名作家米格尔·德·罗萨里奥所译的《鲁迅小说集》《茅盾文集》等。该书在西班牙语国家掀起了"鲁迅热"，并形成了"鲁迅热"之后的一段时期内的中国现代文学译介热潮。另外，《郭沫若文集》也是西班牙语国家翻译出版较多的中国现代文学作品，是由埃尔南多·德·马查多所译。值得一提的是，这一时期中国现代文学在西班牙语国家译介传播还受到了其他重要因素的影响。比如战争、政治形势等。

（二）20世纪70年代—21世纪

20世纪70年代以来，随着中国社会的转型，中国现代文学在西班牙语国家的译介传播也进入了一个新时期。这一时期，由于政治局势的变化以及新的政治生态的建立，西班牙语国家的中国现代文学译介传播发生了显著变化，译介方式、译介内容以及译介接受主体都发生了新的变化。在政治局势方面，20世纪70年代以后，拉美地区政治动荡。尤其是20世纪70年代末80年代初，拉美各国爆发了"民族解放运动"，在政治局势紧张的大背景下，拉美国家又开始强调本国文化认同和民族独立。在这种政治局势的影响下，拉美各国对中国现代文学的译介传播也呈现出了一定程度的"去中国化"倾向。比如中国现代文学在拉美地区翻译出版数量相对较少；中国现代文学译介内容和方式也发生了变化；中国现代文学在拉美地区的译介接受主体也发生了一定变化。

近年来，中国现代文学在西班牙语国家的译介研究成果数量呈现增长趋势，其中有不少是翻译研究与接受研究相结合的论著，比如王波的《中国现代文学在西班牙语国家的译介和接受：以西班牙语为例》，张敏、杨庆祥的《西班牙语国家接受中国现代文学的现状与思考》等。同时，研究领域也在不断拓宽，除了以往较多关注中国现代文学的译介与接受外，中国现当代文学与拉美文学、阿拉伯文学、欧洲大陆文学的交流和对话也得到了越来越多学者的重视。此外，中国现代文学在西班牙语国家的译介接受研究还与"一带一路"倡议相结合，将目光聚焦于拉美国家乃至整个欧洲地区。

21世纪以来，在中国和拉美国家互办主题年、文化年等重要活动的推动下，双方学者加强了交流合作。以西班牙为例，自2010年起中国驻西班牙大使馆与西班牙驻上海总领事馆合作举办了"21世纪中西文化交流论坛""21世纪中西文学论坛"等活动；西班牙教育部自2011年起，每年都组织本国学生赴中国大学交换学习；2014年12月召开了第四届中西文化论坛。此外，双方学者还在翻译、出版等方面进行了广泛合作和交流。在这种大背景下，中国现代文学在西班牙语国家的译介研究更具有广阔的前景。

从20世纪初至今，中国现当代文学在西班牙语国家的译介传播走过了一百年的发展历程，期间历经艰难，也取得了很大的成绩。但是，总体来看，中国现代文学在西班牙语国家的译介传播还存在一些问题。其中一个最为突出的问题就是译介接受主体较为单一。虽然在当今社会，通过互联网、社交媒体等渠道，中国现代文学已成为西班牙语国家读者了解中国文化和中国现代文学的重要途径，但是在大多数情况下，西班牙语国家读者获取中国现代文学信息主要通过当地主流媒体报道、在当地高校开设相关课程、与专业翻译机构合作翻译等方式来进行。因此，随着互联网、社交媒体等新媒体技术的发展和普及，如何进一步拓宽中国现代文学在西班牙语国家译介接受的渠道和方式，尤其是如何开发出更多适合不同读者群体的译本和更多多样化的传播形式已成为亟待解决的问题。

随着中国政治、经济、文化、军事等方面的巨大变化，中国现当代文学在西班牙语世界的译介和接受也随之开启，但由于受到当时政治环境和社会氛围的影响，中国现当代文学在西班牙语世界的译介和接受之路并不平坦。

20世纪二三十年代，在中国救亡图存的社会大背景下，西班牙语世界对中国现当代文学译介工作开展得并不顺利，在某种程度上来说，中国现当代文学还是一个被封锁、被禁止的话题。随着欧洲法西斯主义在西班牙的泛滥和蔓延，以及西班牙殖民统治下政治局势的动荡和社会氛围的紧张，中国现当代文学也被打上了"资本主义""共产主义"和"法西斯"等各种标签。

伴随着中国现代文学和当代文学在西班牙语世界的译介与传播，也经历了一个不断探索、不断发展、不断深入的过程，译介和接受呈现出不同的特点和走向。其中，有中国现当代文学被译介到西班牙，也有中国现当代文学被译介为其他语种。1949年，中华人民共和国成立后，随着新的政治形势的出现，中国现当代文学在西班牙语世界的译介和接受出现了一个高潮，这个高潮主要表现为作家作品被译介到西班牙。特别是在新时期的历史语境下，作家作品被译介到西班牙，并在其出版机构中得到不同程度的推广和传播，当代文学在西班牙语世界影响力日益扩大。

20世纪90年代，中国现当代文学在西班牙语世界的译介和接受开始走向正轨，一些学者也开始系统地研究中国现当代文学，译介和研究的成果不断涌现。从《外国文艺》到《世界文学》，一些重要刊物和学术著作也都陆续发表了许多关于中国现当代文学的文章。一方面介绍了中国现当代文学的基本情况，如作家和作品、艺术特色和风格等；另一方面，也探讨了中国现当代文学与西方文学的关系，如中西文化比较等。随着改革开放的深入推进和世界主义浪潮的影响，中国现当代文学开始被西班牙社会各界所重视和关注，中国作家也开始走出国门。一些学者在《世界文学》等期刊上发表文章，介绍中国现当代文学。其中比较有代表性的是李西闽的《中国现代主义小说在西班牙》（2000年）、陈启文的《当代中国小说在西班牙》（2003年）和李平的《从"边缘"到"主流"——当代中国小说在西班牙语世界的译介》（2010年）。这些文章为后来研究者全面了解中国现当代文学提供了参考和借鉴。

中国现当代文学在西班牙语世界的译介和接受，一方面，是对中国文学在西班牙语世界的全面认知和理解；另一方面，是在"西语世界"中实现中国文学的价值与意义。然而，从整体来看，却一直都面临着形式单一、语言障碍等瓶颈。尤其是近十年来，随着互联网的发展，网络成为信息传播的重要渠道之一，中国现当代文学在西班牙语世界的译介和接受也面临着新的机遇和挑战。网络时代为中国现当代文学的译介和接受提供了更广阔的空间和平台，也为中国现当代文学"走出去"提供了更多渠道。但与此同时，我们也不能忽视网络时代对译介形式的挑战。在当下新媒体时代，如何以更加新颖、更加多样、更具互动性、更符合当代西班牙读者阅读习惯和阅读方式的译介形式，是中国现当代文学译介必须解决的问题。

中国现当代文学在西班牙语世界的译介和接受，一直延续至今，是一个不断发展、不断深入的过程，这一过程是一个逐步被打开、被发现、被接受的过程。自20世纪70年代末改革开放以来，中国文学作品开始源源不断地输入西班牙，使西班牙读者对中国文学产生了浓厚的兴趣和持续的关注。随着中国社会、经济、文化等方面的不断发展，中国文学在西班牙语世界的译介和接受也逐渐从官方主导转向民间兴起，译介活动由政府主导向民间自发转变。进入21世纪以来，随着中国经济实力和国际地位的提高，中国作家开始不断走向世界舞台中央。随着这一进程的不断推进和深入，中国现当代文学作品开始被更多的西班牙读者所认识、所喜爱。

20世纪90年代，中国现代文学进入一个新的历史阶段，中国现当代文学译介和接受也呈现出新的转向。与此前不同的是，中国现当代文学译介和接受不再是被动地接受，而是由中国现当代作家主动选择译入该国。这是中国现当代文学译介和接受的一个新的转向，这一转向标志着中国现当代文学的翻译进入了一个新时期。

20世纪90年代中期，法国汉学家阿兰·高迪耶开始关注中国现当代文学。高迪耶从法国国家图书馆的资料室中收集了大量的资料，并对其中涉及的许多作家进行了研究，他发现许多作家都有在西班牙出版作品的经历，这些作品被翻译到西班牙并被其他国家出版，说明了一个问题：那就是西班牙语世界对中国文学作品的认识已经发生了变化。中国现当代文学译介和接受也应该遵循一个基本规律：翻译中有接受，而接受中也有翻译。在高迪耶看来，"在接受过程中，读者对作家作品的选择起着至关重要的作用"。

三、中国文学在西班牙语国家传播的特点和问题

中国文学在西班牙语国家的传播和接受主要体现为两个方面：一方面，是中国文学作品在西班牙语国家的翻译和传播；另一方面，是中国文学作品在西班牙语国家的阅读、理解和接受。随着时间的推移，这两个方面都取得了重要的成就。中国文学作品在西班牙语国家的翻译和传播越来越受到人们的重视。从历史上来看，中国文学作品的翻译和传播一直是推动中国文学向西班牙语国家传播的主要动力之一。在新时期以后，随着中国文学作品在西班牙语世界中译介量越来越大，人们对其所表现出的兴趣越来越高，这一特点表现得更加明显。与此同时，对这一特点进行总结并提出自己的看法，也成了研究中国文学在西班牙语国家传播过程中所必须做的事情。

中国文学作品在西班牙语国家阅读、理解和接受方面也取得了巨大成就。中国文学在西班牙的读者范围越来越广，能够被其选择的作品也越来越多样化，被接受程度也水涨船高。与此同时，中国文学作品翻译质量也明显高于以往，且越来越规范。根据不完全统计，截至目前，中国作家已经创作了1 000多部作品在西班牙语国家发表并被翻译成西班牙语。

（一）文学价值的传播

在中国现代文学译介过程中，对中国现代作家作品的评价标准并不是单一的，而是多层次、多角度、多方位的。一方面，翻译作品本身的文学性和艺术性得到了应有的重视，翻译过程中更加注重对翻译作品本身所蕴含的文

学价值进行挖掘，进而体现出中国文学的独特魅力；另一方面，翻译作品所反映出的社会现实问题和政治问题也是译介重点关注的内容之一。这在中国现当代文学在西班牙语世界译介过程中表现得尤为突出。中国现代作家和作品在西班牙语世界的译介中，以其文学性、艺术性、思想性等为标准，将中国现当代文学作品划分为不同等级，并按照相应级别进行译介。这不仅反映了中国现代作家和作品在西班牙语世界中所具有的社会价值和文化价值，而且也展现了中国现当代文学在西班牙语世界中具有的重要地位。以鲁迅为例，中国现代作家鲁迅对中国社会现实问题和政治问题的思考和剖析，深刻地影响了西班牙语世界文学爱好者对于中国现当代文学现状的理解。西班牙语世界中与鲁迅相关的作品被译成西班牙语后，在社会上引起了较大反响。不少西班牙语世界读者通过阅读鲁迅的作品，认识到了中国社会现实问题和政治问题对整个中华民族所造成的深重灾难。正是由于鲁迅在思想上、政治上和艺术上所体现出来的批判性和革命性，使鲁迅成为西班牙语世界中最具影响力和知名度的作家之一。虽然鲁迅去世多年，但他在西班牙语世界中所具有的文学价值却从未消失。

（二）美学价值的发现

中国现当代文学在西班牙语世界的译介，对于推动中西文化交流起到了积极作用。就其影响而言，中国现当代文学是整个世界文学版图上不可缺少的一部分，并且其具有强大的影响力和感染力，成为世界人民认识中国、了解中国的窗口。通过翻译传播中国现当代文学，能够让世界人民更加深刻地了解到中国现当代文学的价值所在。然而，在实际操作中，中国现当代文学的译介却存在着很多问题。由于缺乏对译本语言、文化和美学价值等方面的考察和研究，致使一些作品难以得到有效传播和接受。此外，对于很多作家和作品来说，由于语言文化差异等问题，在翻译过程中常常会遇到障碍。如何在翻译过程中既保证原文的完整性，又使译本符合原作风格和审美趣味是摆在译者面前的一个难题。因此，研究中国现当代文学在西班牙语世界传播中所存在的问题和难点，能够为解决这一难题提供有效依据和指导。要解决这一问题，必须对翻译中存在的问题进行深入研究和分析。从具体实践来看，只有充分了解作品中所蕴含的美学价值、社会价值和文化价值等方面内容，才能对其进行有效翻译和接受。

（三）社会价值与文化价值

中国现当代文学是中国文化的组成部分，以其独特的魅力影响着广大受众。使人们了解了中国现代文化、现代社会和现代生活，更好地理解中国社会。增强了人们对中国文化和中国现当代文学的了解与认知，也促进了中西两国之间的文化交流。在中西方文化交流中，传播和弘扬了中国现当代文学的社会价值。社会价值是文学作品被接受、认同乃至喜爱的主要原因。由于译者选择了不同语言版本进行译介，不同语言版本中所表达出的社会价值也不同，这一现象对促进中西两国文化交流具有积极作用。

在中国现当代文学译介和接受过程中，译者往往把中国现代文学作品与中国现代作家的历史背景联系起来，或把中国现代文学作品与中国现代作家的其他作品联系起来。这些译者将自己的文化价值取向渗透到翻译工作中，并根据翻译对象的文化背景、民族习惯、审美情趣等选择和处理译文，以确保译文既忠实于原文，又能表达原作的内涵。译者往往会利用历史上的作家和作品来阐释新的思想和观点，其中，西班牙语翻译家伊格纳西奥和加列拉都翻译了鲁迅的《阿Q正传》和《狂人日记》。伊格纳西奥和加列拉都通过"阿Q"这个人物形象来体现作者所要表达的社会背景、文化内涵和思想倾向。伊格纳西奥将阿Q与中国传统文化中的"精神胜利法"相联系，认为中国传统文化中也存在着"精神胜利法"。而加列拉将阿Q与《狂人日记》中的"狂人"相联系，认为两者都是在绝望中对现实世界的反抗。在他们看来，阿Q和"狂人"都是在现实世界中不得志、感到绝望之后而产生的心理扭曲。

中国现当代文学在西班牙语世界的译介和接受是中国文学走向世界的一个缩影，通过这一窗口我们可以了解中国文学在海外的发展状况和影响，并从中获得启示：一方面，我们要认识到中国现当代文学走进西班牙语世界既有积极的影响也有消极的影响，我们要正视并正确看待这些影响；另一方面，我们要看到积极的因素并将其转化为推动中国文学走向世界的力量。

第二节 信息全球化背景下
西班牙文学中的文化观

在信息全球化的语境下，文学成为一种全球性的文化现象，是世界文化不可分割的一部分。西班牙文学以其丰富的内涵、独特的风格和鲜明的时代特征在世界文学中独树一帜。西班牙文学作为世界文学中的一部分，其发展与信息全球化有着密不可分的关系。20世纪末的信息全球化浪潮席卷全球，给世界带来了翻天覆地的变化。在这场史无前例的信息革命中，西方主流文化受到极大冲击，由此引发了一场关于文化趋同、文化认同和文化身份等问题的讨论。西班牙作为一个在东西方文化交流中具有重要地位的国家，其文学作品在反映文化融合的同时也反映了本国独特的民族文化观。

在信息全球化背景下，西班牙文学体现出了"全球化"的基本特征：即一方面强调民族文化的主体性和独特性；另一方面又不断探索西方文化与东方文化的融合。文学与全球化之间呈现出相互依赖、相互影响的关系，西班牙文学体现出了对世界文化的认同与接受，对全球化进行了反思与批判。

一、信息全球化与西班牙文学的关系

19世纪初，西班牙殖民扩张与征服的脚步开始向美洲大陆延伸，由此开始了西班牙殖民文学的发展。西班牙作家创作的作品也开始将欧洲的生活方式和价值观引入当地的文学中，他们所创造的作品也展现出了一定的殖民色彩，将欧洲的生活方式和价值观带入了西班牙文学创作中，而这些作品也被称作殖民文学。

19世纪末20世纪初，信息全球化时代到来，这一时期西班牙文学创作的特点是殖民色彩逐渐消退。在此之前，欧洲对美洲大陆进行了大规模的殖民活动，使得美洲大陆上殖民地人民与欧洲人民之间的隔阂逐渐加深，他们对美洲大陆进行了长期的殖民统治。但是在19世纪末20世纪初，西班牙政府开始对美洲大陆进行大规模的移民活动，而这些移民也为美洲大陆带来了大量先进的科学技术和文化知识。因此可以说欧洲人来到美洲大陆后便开始对当地社会进行殖民统治，同时也带来了许多先进技术和思想文化，这些先进的技术和思想文化在欧洲对美洲大陆进行殖民统治后得到了更大程度上发展和传播。在此背景下诞生了许多带有浓郁殖民色彩的文学作品。

从这一时期开始，西班牙文学作品中对殖民地文化进行了深入描述，同时也融入了他们所接受到的欧洲先进文化和思想。因此我们可以说西班牙文学从"殖民文学"到"世界文学"这一时期是西班牙文化发展变化最大也是最为重要的时期。

文学作品的创作来源于生活，但其本身是属于一种抽象的艺术形式，其创作的源泉来自生活中的点点滴滴。西班牙文学是一种全球性的文化现象，其发展与世界文化发展紧密相关。从不同国家和地区间文学交流来看，文学作为一种特殊的社会现象，其发展也离不开社会经济和政治等方面因素的影响。随着信息技术发展水平不断提高，国际信息交流不断加强，文学作为一种特殊社会现象也在不断发展变化。信息全球化时代为西班牙文学带来了新机遇和新挑战。

二、信息时代西班牙文学的文化特征

文学作为文化体系中一个重要组成部分，其传播方式必然受到信息时代影响而发生变化。因此，文学受到信息时代影响而产生变化也就不足为奇了。由于西班牙地处欧洲大陆的中部，其文化具有明显的欧洲大陆文化特征，这种文化特征并不能完全适应信息时代对西班牙文学的需求；由于西班牙独特的地理位置，其与世界其他国家的交流日益密切，在全球化背景下，西班牙文学也面临着来自世界其他国家的挑战。随着全球化进程的不断加快，以美国为首的西方国家开始不断扩大其在国际社会中的影响力。西方国家在全球范围内推动了经济一体化和政治一体化的同时也在全球范围内大力推广其文化和价值观。然而，如果要想使自己的文化真正能够为世界所接受，就必须先建立一个全球文化体系。所以，为了促进世界文化多元化发展、避免民族文化受到西方文化的冲击以及保持民族文化自身的独立性，西班牙文学在全球化背景下开始思考如何更好地发展。

在传统社会中，各民族文化之间相互孤立，各民族的文化发展都是与其他民族完全隔绝的，也正是这种隔绝状态造就了"各美其美"的局面。在现

代社会中，随着全球经济和文化联系的加强，各民族之间的联系日益紧密，同时也产生了文化间的相互依赖与影响。这就使得民族文化和世界文化之间形成了相互依赖和相互影响的关系。在这种关系中，各民族文化开始以一种新的面貌出现在世界上，世界各国之间以及各国内部之间形成了更加紧密的联系。在这种情况下，每个国家和民族都必须对世界文化中各种要素进行分析与整合。因此，跨文化意识就成为人们在面对全球文化时必须具备的重要意识之一。

西班牙是一个拥有多民族的国家，在欧洲乃至全世界范围内，西班牙都是一个举足轻重的国家。在欧洲，西班牙被视为西班牙王国、大西班牙帝国和伊比利亚半岛国家。西班牙人民创造了丰富的文化遗产，其文学具有鲜明的民族特色，其语言也拥有自己的独特魅力。由于历史原因，西班牙文学作品在反映民族文化方面具有强烈的民族性。在众多的西班牙文学作品中，既有反映了西班牙人民独特历史和文化传统的作品，如《阿莫林斯一家》《埃斯塔尼亚》《维罗纳人》《玛利亚》等；也有反映西班牙人独特生活方式的作品，如《加纳利女郎》《胡安娜》等。这些作品中的主人公都是从不同角度反映了他们的民族特色，如加纳利女郎"阿莫林斯"是伊比利亚半岛上一个小城镇的名字；胡安娜则是伊比利亚半岛上一个普通的女孩。这些主人公都是从不同角度反映了西班牙人的生活方式和生活态度。在这些作品中，民族特色得以充分体现。

此外，西班牙文学中也出现了不少具有浓厚民族特色、反映民族文化精神和心理特征的作品。如阿贝拉尔写于 1580 年前后的小说《吉普赛人》。小说中表现了吉普赛人热爱自由、喜欢流浪和冒险、渴望摆脱封建束缚和家庭束缚的精神。吉普赛人在西班牙各个地区都有分布，他们是一个历史悠久、地域辽阔、人口众多、文化多元的民族群体。因此，西班牙文学反映西班牙民族文化和精神特点是很常见的。

在西班牙文学中，同样也有一些作家从不同角度反映了民族文化和精神特征，如西班牙著名作家卡米洛·何塞·塞拉于 1890 年创作了《布埃亚》这部小说。小说描写了布埃亚家族几代人与外来入侵者之间矛盾冲突的故事，反映了布埃亚家族文化与外来文化之间不断抗争、融合的历史过程。

三、西班牙文学在信息全球化时代背景下的文化观

（一）对文化多样性的关注与文化交流的思考

为了实现对文化多样性的保护与传承，西班牙作家选择积极参与到文化交流与对话中，以多元化的视角看待文化差异，以开放、包容的心态对待外来文化。他们以各种形式展现了对世界文化多样性的认同，并在多元文化中探寻自身生存与发展之路。西班牙作家从自身的民族立场出发，通过文学作品表达了对世界多元文化的理解与认同。在全球化时代，马尔克斯在小说中展现了对多元文化的尊重与包容，以鲜明的民族特色与强烈的时代气息吸引读者。西班牙作家通过对世界不同地区文化的关注，来展现世界多样化。比如塞万提斯在小说《堂吉诃德》中对西班牙本土与欧洲大陆上两种不同宗教文化进行了对比。这种对比既是两种宗教间的对话与冲突，也是在不同历史时期民族文化间相互交流的结果。

信息全球化背景下，文化交流是各个国家和民族进行国际交往的重要形式之一，在增强各国之间的相互了解、促进世界文化的交流方面发挥着不可替代的作用。西班牙文学中的文化观也充分体现了文化交流在国家交往中所起到的重要作用。比如在《加利西亚之歌》中，西班牙作家从加利西亚地区的历史、地理和语言入手，探讨了加利西亚地区的文化特征，并将其作为西班牙文化在世界范围内传播与推广的重要依托。这种对文化交流的关注主要体现在两个方面：一是加利西亚地区历史悠久，是西班牙文明发展与传播的重要区域。作家在作品中用大量篇幅来阐述加利西亚地区历史上发生过的重要事件和文化交流现象。如《加利西亚之歌》中，作者运用大量篇幅来叙述加利西亚地区与西班牙之间密切而频繁的往来。加利西亚地区是最早被西班牙人发现和征服的地方，也是欧洲大陆上最早有人类居住的地方之一。这一地区在很大程度上影响了西班牙文明向外传播的进程，是西班牙文明形成与发展过程中不可忽视的组成部分；二是作家通过对文化交流现象进行分析与阐释来展现文化多样性。比如在《阿尔塔米拉》中，西班牙作家通过对一次西班牙与葡萄牙之间的文化交流活动进行描述，展现了两国之间文化交流对于不同民族的融合所起到的重要作用。这种文化观体现了作家对不同民族之间文化交流现象和背后原因的思考，以及对不同民族融合与发展所起

到的推动作用抱有浓厚兴趣。

（二）民族身份与民族意识的重塑

西班牙文学的发展具有一定的特殊性，在一定程度上体现了不同民族身份与民族意识的重塑。在此背景下，西班牙文学的发展逐渐摆脱了对殖民时期的依赖，而是开始关注民族身份与民族意识的重塑。西班牙文学中一直存在着对于民族身份与民族意识的思考。作为世界文化多样性的一部分，西班牙文学呈现出多样性的特征。

作家通过作品展现了不同文化之间相互包容与相互借鉴的特点，比如在《阿莱霍斯与苏珊娜》中，西语文学、西方文学与东方文化之间相互融合，推动了西班牙文学艺术的创新。在信息全球化时代，作家通过文学创作对民族身份与民族意识进行了重塑，以实现民族文化的传承。在《佩德罗·巴拉莫》中，作者通过小说中人物对理想社会的憧憬表达了对时代进步、自由民主和社会公正等方面的关注。在《玛利亚·安达卢西亚》中，作者通过塑造具有独特魅力的女性形象表达了对于女性解放以及妇女权益维护等方面的关注。在《加夫列尔·加西亚·马尔克斯》中，作者通过对一个家庭不同成员在家庭生活中所经历的不幸与痛苦进行描写，表达了对家庭暴力、封建制度以及社会不公等方面的关注与思考。

在民族认同基础上，作家追求的是世界文化的多样性。如佩德罗·阿莫多瓦、萨尔瓦多·达利等作家的作品，都在反思民族文化与世界文化之间的关系，呈现出强烈的民族意识和世界意识。西班牙文学中关于民族意识与世界意识的表现，主要体现为对文化多样性的认同。在西班牙文学中，存在着不同国家、不同地区之间的差异和矛盾。但与此同时，作家也表达出了对不同文化之间差异性存在的肯定与接受。在西班牙文学作品中，世界与民族是辩证统一的关系，它们都是独特而重要的存在。在西班牙作家笔下，世界与民族、民族与个人、个人与个人之间都是相互联系、相互作用、相互影响和相互转化的。因此，西班牙文学中所体现出来的文化观具有多元性和包容性，既表现出了民族文化中独特而重要的一面，也在一定程度上体现出了世界文化中独特而重要的一面，这一文化观为民族文化提供了新思路。

文学是社会现实的一面镜子。从本质上看，文学与社会现实的关系是一种互动关系。在西班牙，作家通过文学作品与社会现实进行对话，对现实社会进行了反思。比如纳沃塔·德尔·维加的《我的一次失败》和《奥西莉亚》两部作品，通过对一个普通女孩的命运进行反思，揭示了当代西班牙社会存在的各种问题。其中，《奥西莉亚》呈现了当代社会中的性别问题，展现了女性在现代社会中所面临的种种困境，揭示了当代社会对女性的偏见与歧视。这两部作品具有一定的现实意义，有助于人们反思西班牙社会存在的诸多问题。此外，米格尔·巴斯克斯的《新移民》也是对西班牙社会现实问题的反思。

四、对全球化的反思与批判

从历史上来看，西班牙文学的发展与全球化之间有着紧密的联系，可以说，西班牙文学与全球化之间是相互影响、相互促进的。一方面，在信息全球化背景下，西班牙文学的发展离不开全球化的影响，因为每一部西班牙文学作品都是对全球文化的一种反映；另一方面，西班牙文学作为一个世界性的文学形式，它体现出了跨文化特征，并对世界文化产生了重要影响。我们应该清醒地认识到，在信息全球化背景下，西班牙文学与全球之间也存在着一定的矛盾与冲突。

从某种程度上来讲，西班牙文学与世界文学之间存在着一定的差异性，这种差异性主要表现在：首先，在西班牙文学中，西班牙作家对欧洲文化比较熟悉。但是在全球化的影响下，欧洲文化出现了一定的危机，这种危机体现在两个方面：一方面是西班牙文学作品中对于欧洲文化的表现比较生硬；另一方面是欧洲文化对西班牙文学产生了一定的影响。从这个角度来看，西班牙文学的发展与全球化之间存在着一定的矛盾。其次，对于西班牙文学而言，其写作形式、语言结构等方面都受到了一定的限制。

就当前而言，西班牙文学与其传统文化之间存在着一定的冲突，一方面，西班牙文学受到了传统文化的影响，同时又与其传统文化存在着一定的矛盾。由于西班牙文学是在不同民族文化背景下产生的，因此其语言表达形式以及主题思想都受到了不同民族文化的影响。同时，由于西班牙文学是在不同民族文化背景下产生的，因此在对其进行创作时也应该体现出跨民族与跨文化的特征；另一方面，由于西班牙文学作品具有跨民族与跨文化特征，由于不同民族、不同国家之间存在着一定的差异，因此在对其进行创作时就会不可避免地受到这种差异化的影响。对于西班牙文学而言，传统文化是其发展过程中不可缺少的一部分，但是传统文化在一定程度上却对其产生了一定影响。通过对其传统文化进行深入研究可以发现，它是一种特殊文化类型。而对于西方国家而言，他们的传统文化主要来自古希腊、古罗马等西方国家。因此从某种程度上来看，西班牙文学是西方文明在不断发展过程中所创造出来的产物。

文化在交流的过程中会产生碰撞与冲突，从而产生了一些新的文化特征。在这个过程中，有些文化会逐渐地走向世界。当这些冲突积累到一定程度的时候，就会对精神家园产生一种冲击，从而导致人们处于一种失落的状态。我们从文学作品中可以看出，西班牙文学中也存在着这种状况。比如西班牙诗人马拉加·布洛、帕洛马·拉沃纳等人都是以描写拉美文学为主题的作家。他们对拉美文化进行了深入的研究与挖掘。当他们阅读拉美文学作品时，会发现拉美文学与欧洲文学有着很大的不同。然而在这些作品中，拉美文学又包含着很多欧洲文学所没有的东西，因此，可以说拉美文学是对欧洲文学的一种超越。西班牙文学中所体现出来的"精神家园"却遭遇了一种失落。首先是对拉丁美洲文化的认识问题。在很多拉丁美洲作家心中，都将拉丁美洲视为自己精神家园的所在地，也是自己心灵休憩之处。

西班牙文学的发展，本身就是在西班牙特定历史环境中形成的，并且受到很多因素的影响，比如经济因素、社会因素等。随着全球化进程的不断加快，西班牙文学也逐渐成为全球文学中重要的一部分。如今西班牙文学已经成为世界性的文学形式，这与传统意义上的西班牙文学相比具有很大不同。在信息全球化背景下，文化具有了更多的开放性和流动性。从某种意义上来说，每一个人都是文化传播的载体和传承者，每一个国家都有自己独特的文化特性和文化背景。

西班牙文学中有一种重要的表现形式，那就是对人的关怀，并将其视为西班牙文学中最重要的内容之一。从某种意义上来讲，西班牙文学对人的关怀主要是指文学作品中所传达出的对人性、对人与人之间关系等方面的关注。西班牙文学是一种典型的人文主义文学，而这种人文主义精神主要体现在文学作品中。如今人们对人的关怀也表现出了新的变化，即更加强调人在全球化中所具有的价值。事实上，在西班牙文学中，其对人的关怀主要是通过文学作品来实现的，因为西班牙文学中的人文主义精神是建立在对人进行人文关怀基础之上的。通过这种人文关怀，西班牙作家从不同角度出发去理解社会问题，并从人性角度出发对人们在社会生活中所出现的问题进行深刻的思考。可以说，西班牙文学体现出了对人的关怀以及对人性尊严、人性价值等方面的追求。也正是由于这种人文关怀精神，才使得西班牙文学具有更鲜明的人文主义色彩。

第三节 中国当代作家在西班牙的外译与接受障碍 ——以余华为例

西班牙是世界上主要的文学中心之一，在国际上享有盛誉。中国当代作家余华的作品也逐渐被世界读者所熟知，他以其独特的叙事风格和生动、细腻、深刻、极具感染力的叙述手段，吸引了众多读者。研究表明，虽然余华的作品在西班牙广受欢迎，但他的作品也存在着未引起足够的关注和重视的情况。

一、余华作品在西班牙的译介情况

西班牙拥有悠久的历史和深厚的文学底蕴，对中国当代作家的作品有较大程度的译介。从20世纪80年代起，中国当代作家余华的作品就开始在西班牙被翻译出版。1993年，西班牙出版商出版了余华的《十八岁出门远行》，此后陆续推出了《兄弟》《活着》等多部作品。2000年，余华获得了西班牙文化部颁发的"文化艺术奖"；2004年，他以长篇小说《活着》获得了法国费米娜文学奖；同年，他又凭借《兄弟》获得了西班牙皇家马德里文学奖。2005年，余华凭借《兄弟》获得了美国纽约国际好书奖。从20世纪90年代到21世纪初，余华的作品陆续在西班牙出版。2010年，西班牙《世界报》首次连载余华的短篇小说《十八岁出门远行》；2011年，由马德里索尔塔出版社推出了他的长篇小说《活着》；2012年，由马德里索尔塔出版社推出了他的长篇小说《兄弟》；2013年，由马德里索尔塔出版社推出了他的长篇小说《第七天》。2017年3月13日，由上海译文出版社推出的余华小说代表作——鸿篇巨制《第七天》在西班牙出版发行。但实际上，余华在西班牙的译介并不多。本书对余华作品在西班牙出版情况以及余华作品在西班牙读者群体中受欢迎程度进行的统计调查发现：截至2020年1月13日，余华已出版3部作品（含未出版）；其中《兄弟》《第七天》已经翻译成西班牙语并出版发行；而《第七天》（暂定名）于2020年5月19日正式上线西班牙亚马逊网站。

二、接受障碍

中国作家的作品在西班牙的外译与接受情况，在很大程度上取决于中国文学在西班牙的传播环境。中国文学与西班牙文学一样，都是世界性的文学，都具有强烈的民族特点和民族色彩。同样，中国作家的作品也有很大的世界吸引力，但中国当代作家在西班牙进行外译与接受时，却面临着诸多困难。

中国社会在漫长的历史发展过程中，形成了一种独特的民族文化。这种民族文化具有独特的特点，也是中国文学在世界范围内广泛传播的基础。但是不同民族之间存在着文化差异，这种差异会导致译者无法准确地理解原文。如果译者不能完全理解原文，就会出现译文中有明显的文化错误，而这种文化错误将会导致读者无法理解原文意思。比如在中国文化中，"死"和"鬼"都是不吉利的东西。这就需要译者在翻译时考虑到这些文化差异，选择合适的翻译策略和方法将原文内容准确地传达给读者。

汉语言与西班牙语语言存在着很大的差异，这也是中国文学外译过程中的一大障碍。由于汉语与西班牙语之间存在着差异，所以在翻译过程中会出现很多困难。在这种情况下，译者需要准确理解原文并将其转化成译文；由于中国文学中存在着大量的文化习俗、历史典故以及一些中国特有的风俗习惯。这就需要译者了解原文的背景，然后根据背景知识进行翻译。同时，由于中西文化和社会历史差异较大，所以译者也会遇到很多语言障碍，需要花费大量时间去理解原文；由于不同语言之间存在着很多的不同之处，因此在翻译过程中难免会产生一些歧义，从而导致译文与原文不能完全相符。

西班牙是世界上最早的资本主义国家之一，是欧洲经济发达地区。受历史因素和地理位置等影响，西班牙社会文化与中国社会文化在很多方面存在着差异。西班牙是欧洲国家中唯一一个将"民主"与"自由"等思想作为政治指导原则的国家，因此西班牙人更加崇尚个人权利，对西方的民主和自由有着强烈的向往。而中国当代作家余华的作品在西班牙传播时，需要考虑到西班牙人的接受程度和习惯。如果读者群体较小，就会影响译文的传播效果。因此，中国当代作家在进行汉学翻译时需要考虑到读者群体问题。

三、译者与读者之间的关系

译者与读者之间的关系是双向的。对于余华作品在西班牙的翻译和传播，读者有权利对作品进行评价。译者在翻译作品时，也要考虑到读者的接受程度，并依据读者反馈调整翻译策略。对于译者来说，不仅要将作品呈现给读者，还要尽可能让读者充分了解和理解作品，以便更好地融入作品中。对于读者来说，他们希望能够看到和理解更多的内容，也希望能够得到自己想要的翻译内容。因此，译者在翻译过程中应充分考虑到读者的阅读需求和接受程度。西班牙汉学家阿尔瓦罗·西蒙认为，对外国文学作品进行翻译时，译者应该从作者角度出发考虑，尽可能使译文与原作相接近；如果译者只是简单地按照自己的理解去翻译原文，就会影响译文的质量和接受效果。相反，如果译者能根据国外读者的阅读习惯、文化背景、认知能力等来进行翻译，那么译文就能更好地被接受。

（一）译者身份与态度

译者身份是指译者所具有的特殊身份，其所扮演的角色及所承担的责任。译者身份对译者在翻译过程中的态度与选择产生影响，进而对翻译作品在国外的接受情况产生影响。随着中国文学作品在西班牙影响力的增强，越来越多的中国当代文学作品被翻译成西班牙语出版。但是，中国当代文学在西班牙的传播与接受情况却不容乐观，主要原因是来自译者身份方面的障碍。翻译本身就是一项非常复杂的工作，尤其是对中国当代作家作品来说，译者自身所具有的独特身份会对翻译产生影响。

译者在翻译过程中对译者态度的选择，直接影响着译文的质量和接受度。在翻译中国文学作品时，译者应站在一个客观公正的立场上，不应带有任何主观色彩。目前，在西班牙的中国文学外译中，却存在着许多译者对中国文学作品态度暧昧、褒贬不一的现象。有些译者甚至认为中国当代作家的作品并不符合西班牙读者的口味，所以他们在翻译时会有所保留，导致译文出现"失真"现象。针对这种现象，译者应以客观公正的态度对待作品，尊重作者在原作中所表达的思想和情感。这就要求译者要对中国文学作品进行深入研究和客观公正的评价。在翻译过程中，译者对作品不能仅以"忠实"为原则。对于一些比较敏感、带有时代特色的主题或词汇，译者应该有选择性地进行翻译。此外，译者还应尽可能地使用西班牙语进行翻译。如果只是简单地对译文进行忠实再现，而不对原作内容进行深入分析和研究，那么这种译文很难被西班牙读者所接受。针对余华作品在西班牙外译中出现的"失真"现象，学者蔡兰香认为，应从三个方面来加以解决。译者应该具备较高的文学素养和专业知识，并且译者应以客观公正的态度对待中国文学作品。同时，充分发挥主观能动性来提高译文质量。可以说这三点都是很难做到的事情。此外，一些国内学者也曾提出过中国当代作家在西班牙外译中存在"失真"现象的原因：第一，西班牙读者对中国当代作家作品了解较少；第二，译者水平有限；第三，对中国文学作品进行翻译时没有把握好原作中所传递的信息和主旨；第四，对中国文化了解不够深入等。

因为存在着这么多原因，所以不可否认的是中国当代作家在西班牙外译时"失真"现象确实存在着。而这些"失真"现象对中国文学作品在西班牙传播与接受产生了一定的负面影响。但是随着中国文化在西班牙影响力越来越大和国际地位不断提升，一些学者和译者也开始重新审视这些现象并积极寻找解决办法。比如中国学者何平曾在《我读余华》中指出：文学翻译作为一种特殊的文化交流形式，应该以创造性转化为主、忠实性为辅。具体到余华作品的翻译上，可以采取增译、减译、改译三种策略。在何平看来，余华作品在西班牙的外译本中出现"失真"现象是由于译者对原文进行了创造性转换所致，即作者想通过作品向读者传递什么样的信息？他想通过怎样的表达方式来呈现自己想要传达的信息？这一切都需要译者用自己敏锐的观察力和洞察力来加以判断。

（二）译者身份与翻译策略

对于中国当代文学的对外传播，有必要正视语言、文化及接受障碍，并采取相应措施加以解决。语言是文学作品传播的重要载体，要实现中国当代文学作品的对外传播，就要解决语言问题。余华在西班牙的外译作品中，所采用的是西班牙语和英语两种语言。余华的作品在西班牙受阻的一个重要原因就是翻译时没有考虑到当地读者的需求和接受习惯。在《十八岁出门远行》中，余华就曾提到"我读过很多书，但都不太成功"，这句话表明了他对汉语翻译中存在的问题很清楚。但是西班牙读者却没有意识到这个问题，他们在阅读中国小说时，只是注重情节和语言表达上是否流畅、是否优美等，而忽略了其他方面。因此，中国当代文学作品在西班牙要想获得成功，必须在翻译时充分考虑到当地读者的需求和接受习惯。

西班牙语作为一种多音节语言，其句子结构和句法与汉语有着很大的不同。余华的作品语言直白、富有表现力，这与西班牙语重内涵、轻形式、追求简洁明快的审美特征相吻合。但余华作品在西班牙的接受却存在一定的障碍，这是由于其作品中存在大量"他者"元素，而这些"他者"元素在翻译过程中又得不到很好的处理。因此，在翻译过程中需要采取灵活多样的翻译策略来实现目的语文化与本土文化之间的平衡。余华作品的外译多采用直接翻译法和归化法来传达原文内容和思想。虽然这两种方法都能达到目的语读者所预期的效果，但前者会造成译文语言结构和意义上的流失，而后者则会给读者带来一定的理解障碍。

文化是影响文学作品对外传播效果最重要的因素之一。不同国家和地区拥有不同的文化和历史背景，这些都会影响当地读者对文学作品的理解和接受。中国文化博大精深，对于西班牙读者来说是很陌生也很难理解、难以接受的。中国文学作品要想走向世界，必须考虑到不同文化背景下人们对文学作品中所蕴含的意义和情感，以及表达方式上会有不同程度上的理解。西班牙读者对余华作品中所体现出来的中国文化比较陌生，因此对这些陌生文化背景下人们内心深处所表达出来的情感和想法也会很难理解。

接受障碍是指不同国家和地区对文学作品所产生的理解差异与隔阂。中国当代文学作品要想在西班牙获得成功，必须克服这些障碍。翻译不仅是一种跨语言的交际活动，而且也是一种跨文化交际活动。翻译作品只有通过读者才能产生意义。要想让中国当代文学作品走向世界，必须克服语言、文化及接受障碍，以满足西班牙读者对于中国文学作品阅读和理解上的需求。余华在西班牙的外译与接受过程中，除了受到翻译策略和翻译质量的影响，还受到译者的个人经历、所处地域、文化背景及接受环境等因素的影响。此外，余华在西班牙外译的过程中表现出其独特的特点，比如他总是用第一人称进行写作、他对死亡的理解都与中国人不同。这些都反映了余华独特的个性和写作风格。目前中国当代文学在西班牙外译仍然存在一定障碍，比如缺乏与当地读者相匹配的翻译标准、难以找到合适翻译作品以及不同文化背景下对死亡意识和死亡方式的理解不同等。针对这些障碍，可以从两个方面进行努力：第一，提高翻译标准，制定翻译标准；第二，加强同西班牙读者之间的交流。这样才能让中国当代文学在西班牙获得更好的传播。

第四节 中国科幻文学在西班牙的传播与接受
——以《三体》为例

中国科幻文学自20世纪80年代末引入西班牙以来，在西班牙的传播与接受经历了"短暂繁荣—低潮—逐渐恢复"三个阶段，对中国科幻文学的研究也经历了从关注作品本身到关注作者及其作品本身，再到关注中国科幻文学与当代西班牙文化的互动等变化。在这个过程中，西班牙本土学者也对中国科幻文学在西班牙的传播与接受产生了一定影响。本节以《三体》为例，以接受美学为理论框架，了解《三体》在西班牙的传播与接受历程。

一、短暂繁荣—低潮—逐渐恢复

中国科幻文学在西班牙的传播与接受经历了短暂繁荣的时期，这一时期最主要的特点是对中国科幻文学作品的翻译数量和译作质量不断提高。根据西班牙权威学术刊物《世界文学》（Las Fantasia）报道，20世纪80年代末至90年代初，在西班牙出版的中国科幻文学作品有13种，其中5部为中国作家或出版社独立翻译。此外，还有一些作品通过合作翻译、联合出版等方式引进到西班牙。中国科幻文学在西班牙的传播与接受呈现出繁荣之势，但与此同时，也面临着一些问题：一是数量多、质量参差不齐；二是译作选择标准不统一。这主要体现在对中国科幻文学作品翻译数量和质量的把握上。

一方面，由于翻译数量和质量参差不齐，中国科幻文学在西班牙传播与接受难度加大；另一方面，随着西班牙经济和社会文化的发展，人们对中国科幻文学作品的兴趣逐渐降低。在这一阶段，西方对中国科幻文学作品的接受呈现出三个特点：第一，不再把目光聚焦于翻译作品本身；第二，关注作者及其作品本身；第三，关注中国科幻文学与当代西班牙文化的互动。这一时期对中国科幻文学作品的接受开始进入了正轨，并主要以翻译和出版为主。一方面，出版了大量与中国科幻文学相关的书籍、期刊、杂志等；另一方面，翻译出版了一些中国科幻作家的作品。在此期间，对中国科幻文学作品本身的研究也逐渐增多。这一时期对中国科幻文学作品本身进行研究的主要是西班牙学者，其中尤以拉蒙·巴尔托、伊娃·巴斯塔和玛丽亚·多姆最为突出。

当时，中国科幻文学在西班牙的传播与接受主要集中在几个学者的著作中，比如苏珊·布莱斯·萨尔维德斯、玛丽亚·何塞·曼努埃尔·马丁内斯·帕斯托、路易斯·米罗、加西亚·洛佩兹·索拉等。他们从不同角度对中国科幻文学进行了介绍，这些介绍大多是对中国科幻文学的作品本身进行的介绍，这使得西班牙读者对中国科幻文学有了初步了解。随着中国科幻文学在西班牙的传播与接受逐渐进入低潮期，这一时期对中国科幻文学的研究也逐渐转移到了对作者及其作品本身的研究，包括对作家作品风格和内涵的探讨，以及对作家和作品的文化研究等方面。

随着中国科幻文学在西班牙的传播与接受逐渐恢复，有更多学者开始关注中国科幻文学与当代西班牙文化之间的互动。西班牙学者也意识到，在中国科幻文学传入西班牙的过程中，有许多作品都受到了当代西班牙文化的影响，中国科幻文学在西班牙的传播与接受，是对西班牙文化的一种积极的影响。比如米格尔·阿达米和马丁·巴兰等学者认为，中国科幻文学对当代西班牙社会产生了重要影响，在当今时代，它对当代西班牙语世界所发生的重要变化产生了重大影响。

第一，在一些国家和地区，科幻小说被翻译成了当地语言。比如在美国，很多人都会将《三体》作为睡前读物。又比如在法国、德国、意大利等国家和地区也有很多人喜欢阅读《三体》。这些地区的读者对《三体》所反映出的当代社会生活和科技发展成果充满了兴趣和好奇。

第二，中国科幻文学通过各种渠道影响了西班牙文学。比如在西班牙，"我爱科幻"杂志是以推广科幻为目的创办的杂志，在西班牙已有多年的历史。它从2002年创刊以来，每年都会推出一本"我爱科幻"年度优秀作品奖得主作品专辑。这本年度优秀作品专辑主要是从西班牙国内各大科幻杂志中评选出来的年度最佳作品、最受读者欢迎作品以及最受读者喜爱作者作品。

二、西班牙民众对《三体》的认知和接受情况

西班牙民众对《三体》的认知和接受程度受多种因素影响。一是西班牙民众对中国文化的了解程度较高，受过良好教育的人更易对中国文化产生兴趣。二是《三体》作为中国科幻文学的代表作品之一，自出版以来就受到了广大读者的欢迎，其主题及思想更易被西班牙读者所接受。此外，西班牙民众对中国文化、中国科技等领域的研究兴趣也较高。《三体》在西班牙的传播和接受状况与这些因素有密切联系。总之，西班牙民众对《三体》的认知和接受程度较高，这与其拥有良好的文化背景及广阔的研究空间有关。同时，《三体》在西班牙有较高人气是因为它在国际上具有一定的影响力，吸引了大批外国读者。其出版以来在西班牙不同领域、不同人群中引起了广泛关注，包括各领域专业人士、普通民众以及学者等。

（一）《三体》在西班牙的译介与传播现状

《三体》是中国作家刘慈欣创作的长篇科幻小说，于2014年出版后广受好评，多次获得国内和国际科幻奖项。在西班牙，《三体》也受到了读者的广泛关注。截至2021年2月，西班牙"三体"网站上的读者人数已经超过13万人。与其他中国文学作品在西班牙的译介和接受情况相比，《三体》的译介和接受情况在整体上要好于其他中国文学作品。

从译介数量来看，《三体》的西班牙译本已出版近10部。其中，单行本有4部，包括西班牙国家出版社2013年出版的《三体》第1、2、3、4卷和上海译文出版社2017年出版的《三体》第1～5卷；双版合译有4本，分别是西班牙国家出版社和上海译文出版社于2019年出版的《三体》第3～5卷，以及2019年由北京联合出版公司出版的《三体》第1～3卷；多人合译有2本，分别是西班牙国家出版社于2018年出版的《三体》第6、7卷，以及上海译文出版

社于2019年出版的《三体》第7、8卷。此外，西班牙还有两套《三体》相关丛书。

除上述译本外，中国科幻作家刘慈欣本人也曾为《三体》在西班牙出版所撰写的序言中提到了《三体》在西班牙传播与接受的情况。因此，可以认为在中国科幻文学走向世界这个大趋势下，中国科幻作家已经具有了一定影响力。从译本类型来看，西班牙读者对中国科幻作品的接受主要集中于"外国文学"和"中国文学"两个类别。在"外国文学"类别中，除了前文所提到的西班牙国家出版社和上海译文出版社外，还包括西班牙国家出版社于2017年出版的《三体》第3卷和《黑暗森林》。在"中国文学"类别中，除了前文所提到的两套《三体》相关丛书外，还包括2017年由北京联合出版公司出版的《三体》第1～5卷。

（二）《三体》在西班牙传播与接受中存在的问题及原因分析

《三体》在西班牙的传播和接受虽然取得了一些成绩，但在对《三体》进行翻译的过程中，译者常常会出现一些问题，导致译本质量参差不齐。译者译作的质量高低对读者理解作品的内容和思想会产生影响，进而影响到读者对中国文学的接受效果。《三体》作为中国科幻文学作品中最具影响力的作品之一，其成功译介不仅得益于译者自身的翻译能力，也与译者对原作语言表达和思想内涵的理解程度有关。而对于西班牙语读者来说，他们对原作语言和思想内涵的理解会影响到对《三体》文本内容和思想内涵的理解，进而影响到对其的接受效果。因此，在翻译《三体》时，译者应尽量避免使用过于复杂、晦涩难懂的西语术语和表达方式。这可能会导致西班牙读者无法准确理解原作内容和思想内涵。

目前《三体》在西班牙最常见的译本就是由刘慈欣本人翻译的《三体》英文原著，以及刘慈欣翻译、西班牙出版公司出版并发行的《三体》系列英文书籍。刘慈欣本人是中国科幻文学领域内为数不多拥有博士学位并精通英汉两种语言的作家之一。正是因为有了刘慈欣这样一位精通多种语言且有着深厚文学功底的翻译家，才使得《三体》在西班牙得以广泛传播和接受。而刘慈欣本人也曾表示："我对翻译《三体》非常有兴趣。在我看来，翻译是一项非常困难也非常有趣的工作，需要具备很高的专业知识和水平。"由此可见，刘慈欣本人对《三体》在西班牙的传播和接受起着至关重要的作用。如果没有刘慈欣这样一位译者来翻译《三体》这本书，那么《三体》在西班牙市场上将会面临很大阻力。

三、促进《三体》在西班牙发展的建议

（一）与中国的翻译公司合作

中国的翻译公司有很多，有专门从事文学翻译的，也有专门从事影视翻译的，还有专门从事动漫翻译的。中国的翻译公司不仅可以翻译中国文学作品，也可以将外国文学作品翻译成中文。这种合作能为西班牙读者带来更好的阅读体验。

西班牙有一家名叫"企鹅"的翻译公司，他们在西班牙市场上很受欢迎，主要是他们能够把中国文学作品和外国文学作品一起进行翻译。这家公司能将中国的传统文化和现代文化结合起来。比如"企鹅"将《红楼梦》等中国传统经典小说、《诗经》等中国古代诗歌中的文化元素与现代都市、科幻和青春爱情等现代元素结合在一起，为读者呈现了一幅当代都市生活与传统文化相互交融的画面。这种语言艺术方面的创新可以提高《三体》在西班牙的知名度，能让更多的人知道《三体》，进而了解《三体》。除了"企鹅"，还有一些专门从事文学翻译的公司。如"译林""译文堂""中译"等。这些公司会在西班牙出版文学作品，其翻译质量也很高。但是，这些公司并不专门从事影视翻译。如"译文堂"是一家专业从事中国文学作品翻译的公司，该公司很少与影视公司合作。与这些专门从事文学翻译的公司合作可以让西班牙读者更好地了解《三体》，有利于提高其在西班牙市场上的知名度。

（二）推广《三体》的电影

科幻小说要想吸引更多的读者，需要有一个大的主题框架，并且有一条清晰的主线。电影和书籍是不同的艺术形式，但是《三体》的电影也有自己独特的主题。《三体》的小说没有明确地表达出自己的主题，而是通过对未来科技、政治和历史等方面的描述来表达。小说中除了对科技发展和未来社会的幻想外，还包含着许多哲学思想。因此，在电影中也可以看到与小说不同的主题。对于《三体》电影，不能仅仅注重其视觉效果，还应注重其内涵。

对于《三体》这样一部科幻小说来说，最重要的是它所讲述的故事内容。如果电影想要取得成功，就必须突出主题内容。只有这样，观众才能感受到《三体》所想要表达的内涵。书中有一个非常吸引人的科幻元素——黑暗森林理论。在小说中，黑暗森林理论是一个被研究了很久也没有解开谜团的理论，直到后来被人类发现和应用。对于《三体》来说，这个理论是非常重要的主题。在电影中，我们可以看到黑暗森林理论被用来解释宇宙中出现的黑暗信号和黑暗力量。同时，我们还可以看到刘慈欣对科幻小说中其他主题的探索和研究，如对量子物理学和量子力学等知识的探索和应用。然而，要想让更多人了解《三体》，还需要更多优秀导演、编剧、演员等加入其中。

《三体》在西班牙受欢迎程度很高，但是与《三体》有关的文化活动并不多。其实，可以考虑在西班牙举办《三体》主题文化活动，让更多的西班牙人了解《三体》。比如西班牙国家电视台播放过"刘慈欣科幻小说奖"颁奖典礼，国家图书馆举办过"中国科幻文学之旅"系列讲座等。在这些主题文化活动中，可以邀请西班牙作家和文学爱好者参与。通过这样的文化活动，可以让更多的西班牙人了解《三体》这部优秀的中国科幻小说。

（三）与西班牙出版社合作，推出中文版《三体》

《三体》已经在西班牙出版了三版，但由于语言问题，很多西班牙读者不能理解其中的含义。比如一位西班牙读者评论道："我看过了翻译版，也读了小说本身。但我对它没有任何理解，甚至不知道这本书是关于什么的。"因此，中国出版社应该与西班牙出版社合作，推出中文版《三体》，让更多的西班牙人了解其中的含义。

《三体》的翻译需要进行一定的调整，可以让原著的内容与现代汉语相适应。比如在原著中提到的"黑暗森林""降维打击"等概念时，可以在翻译中进行解释。另外，由于西班牙读者对中国文化不太熟悉，他们更关心中文的意思。因此，译者应确保将《三体》译成西班牙语的时候能让西班牙读者理解其中的含义。西班牙具有悠久的文化历史和丰富的文学资源。西班牙文学作品被翻译成多种语言并在海外出版后获得了很大成功。比如塞万提斯的《堂吉诃德》已经在20个国家翻译出版。中国和西班牙也可以合作出版《三体》。这将有助于两国之间文化交流的发展。

中国科幻小说《三体》已经被翻译成多种语言并在海外出版。虽然现在国内对《三体》的讨论热度很高，但国外读者对其还不太了解，需要进一步扩大《三体》在海外市场上的影响，让更多的西班牙读者了解《三体》并读懂其中的含义。此外，西班牙的国际书展和读书周，是世界上最重要的书展之一，每年都吸引了来自世界各地的文学爱好者。中国作家刘慈欣曾在2012年获得了西班牙国际书展的最佳长篇小说奖，他也成了西班牙国际书展历史上第一位获得此奖的中国作家。因此，我国可以邀请刘慈欣作为中国作家代表参加西班牙的国际书展和读书周，为中国文学在西班牙的传播与推广做贡献。《三体》是一部优秀的科幻小说，它不仅具有文学性和艺术性，还具有一定的科学意义和价值。在科技迅猛发展、竞争激烈的今天，我国应努力促进科技与文化之间的交流。借助《三体》让中国文化更好地走向世界。

参考文献

[1]韦倩.人同此心，心同此理——中国文学《三毛流浪记》，西班牙文学《小癞子》中流浪汉小说元素共性阐释[J].中国校外教育：上旬，2014.

[2]黄晓夏.中国学术视野下的西班牙文学[D].上海：华东师范大学，2023.

[3]张伟劼.从中国科幻到世界文学——《三体》在西班牙语世界的传播和接受[J].扬子江文学评论，2022(06)：40-44.

[4]龙泉明.跨文化的传播与接受：20世纪中国文学与外国文学的关系[M].北京：人民文学出版社，2010.

[5]张一江.西班牙文学作品在中国的翻译和出版(1915—2011年)——基于书目的统计与分析[J].出版广角，2018(06)：4.

[6]张珏玲.沙勿略与16世纪中叶的东西方文化交流[J].青年时代，2018(27)：12-13，21.

[7]吴琳.马丁•德•拉达的《中国札记》及其对中西文化交流的贡献[J].广西民族大学学报：自然科学版，2019，25(1)：7.

[8] Lin Wutian.马丁•德•拉达对中西科技文化交流的贡献及其影响[D].北京：中国科学院大学，2023.

[9]屈海燕.庄子与德里达：解构思想比较研究[D].哈尔滨：哈尔滨师范大学，2012.

[10]冯学林，叶纳贤，洪晓璇.中拉农业的起源，传播与互动——"中国—拉丁美洲农业历史国际研讨会"会议综述[J].古今农业，2022（04）：125-128.

[11]尹晓通，康秋洁.历史、格局与竞争：伊比利亚美洲西语国家的国际传播[M].北京：中国国际广播出版社，2020.

[12] 石佳玉.论中国古代小说与戏剧的关系[J].浙江艺术职业学院学报，2020，18(4)：4.

[13] 梁西萍.跨文化边界视角下中国现当代小说在英语世界的译介与接受[J].文存阅刊，2018(09)：1.

[14] 张治.堂吉诃德藏书在中国—西班牙"黄金世纪"文学汉译史概述

[J].上海文化，2022(02)：13.

[15]任少凡.中国现当代文学在西班牙的译介与传播研究[J].东方翻译，2020(04)：7.

[16]毕飞宇.中国当代短篇小说集（西班牙文版）中国现当代文学[M].北京：五洲传播出版社，2014.

[17]方理政."一带一路"视角下中国文学在拉美西语国家的译介研究——以中国当代文学为例[J].文教资料，2019(01)：3.

[18]郑书九，黄楠.学海无涯：西葡拉美文学论文集[M].北京：外语教学与研究出版社，2019.

[19]林瑶.解读《马丁·菲耶罗》中高乔人的民族形象[J].名作欣赏：学术版（下旬），2020(05)：2.

[20]王秀娟，张姣姣.《马丁·菲耶罗》汉译本中翻译的"创造性叛逆"研究[J].科教文汇，2021(07)：3.

[21]张晏青.聂鲁达诗歌在中国的译介[J].安徽文学：下半月，2010(02)：2.

[22]（秘鲁）巴列霍.人类的诗篇：巴列霍诗选[M].赵振江，译.北京：作家出版社，2014.

[23]赵小妹.百余年拉美文学在中国的翻译出版——传播中数次大起大落的特点及启示[J].出版发行研究，2016(05)：4.

[24]张海燕，王珍娜，吴瑛.由《解密》看中国当代文学在拉美的出版传播[J].出版发行研究，2021(07)：93-97.

[25]曹元勇.喧嚣中的孤独之书——马尔克斯和《百年孤独》在中国的遭遇[J].编辑学刊，2012(04)：60-63.

[26]王凤仪.近三十年来《百年孤独》在中国的研究综述[J].中华少年，2016(30)：3.

[27]邹雅艳.16世纪末期西方视野中的中国形象——以门多萨《中华大帝国史》为例[J].南开学报：哲学社会科学版，2017(01)：8.

[28]方婷婷.门多萨《中华大帝国史》读后感[J].文艺生活·文艺理论，2010(09)：65.

[29]刘怡.加西亚·洛尔卡对中国现代诗歌的影响研究[J].开封教育学

院学报，2012，32(01)：6.

[30]刘怡．加西亚·洛尔卡对中国现代诗歌的影响研究［J］.开封教育学院学报，2012，32(1)：28-33.

[31]高迎进．可视面，构图与绘画空间——阿尔贝蒂《论绘画》的启示［J］.中国图书评论，2023(02)：93-101.

[32]赵振江．达里奥作品中的中国形象［J］.博览群书，2013(02)：6.

[33]杨大，巍薛倩．雷伊·达里奥：我看好中国［J］.中国中小企业，2020(07)：2.

[34]中国作家网．纪念奥克塔维奥·帕斯100周年诞辰：帕斯和他的中国情结［J］.中国作家网，2014.

[35]陈旭宏．我以玫瑰之名——评聂鲁达《二十首抒情诗和一首绝望的歌》［J］.同行，2016(09)：1.

[36]奥特马尔·埃特，范妮译．拉丁美洲与亚洲：跨地域的文学——历史与被埋没的传统［J］.外国语言与文化，2022，6(2)：11.

[37]陈艳玲，贯丽丽，杨宏．谈美国华裔文学中的中国文化元素［J］.黑龙江教育：理论与实践，2015(12)：2.

[38]陈蕴钰，陈婷婷．余华作品在西班牙的外译与接受障碍［J］.燕山大学学报：哲学社会科学版，2023，24(1)：8.

[39]肖凡．"异世情调"——博尔赫斯的中国形象研究［J］.作家，2012(22)：2.

[40]吴昊．诗人们的诗人——论中国当代诗人对博尔赫斯的接受［J］.汉语言文学研究，2015，6(4)：10.

[41]杨玲．新世纪的堂吉诃德们——新世纪西班牙语文学十年回顾［J］.外国文学动态，2011(05)：7.

[42]郭恋东．论中国现当代文学在西班牙语世界的译介和接受［J］.小说评论，2022(02)：8.

[43]邓萍，马会娟．论中国现当代文学在英国的译介和接受：1949—2015[J].外国语文，2018，34(1).

[44]魏媛媛．经济全球化背景下科技进步对西班牙语的影响［J］.文教资料，2018(20)：2.